세 마리 토끼 잡는 독서 논술

D3

초5~초6

저자: 지에밥 창작연구소_

'지에밥'은 '찐 밥'이라는 뜻을 가진 순우리말로, 감주 · 막걸리 · 인절미 등 각종 음식의 재료를 뜻합니다.
'지에밥 창작연구소'는 차지고 윤기 나는 밥을 짓는 어머니의 정성처럼 좋은 내용으로 세상 모든 사람들에게
넉넉하게 쓰일 수 있는 지혜를 선물하고 싶습니다.

이 책을 쓴 지에밥 연구원들_

강영주(지에밥 창작연구소 소장, 빨간펜 논술, 기탄 국어 등 기획 개발), 김경선(동화작가 및 기획 편집자),
김혜란(동화작가, 아동문학가협회 회원), 왕입분(동화작가 및 기획 편집자), 우현옥(동화작가), 이현정(동화작가),
이혜수(기획 편집자), 이현정(동화작가 및 기획 편집자), 정성란(동화작가), 조은정(동화작가 및 기획 편집자),
최성옥(기획 편집자), 한현주(동화작가), 한화주(동화작가), 홍기운(동화작가 및 기획 편집자)

이 책을 감수한 선생님들_

권영민(서울대학교 국어국문학과 교수), 홍준의(서원대학교 과학교육과 교수),
김병구(숙명여자대학교 의사소통센터 교수), 문영진(전북대학교 국어교육과 교수), 조현일(원광대학교 국어교육과 교수),
김건우(대전대학교 국어국문학과 교수), 유호종(서울대학교 철학박사), 구자송(상암고등학교 국어 교사),
김영근(서울과학고등학교 국어 교사), 최영환(여의도고등학교 국어 교사), 구자관(한성과학고등학교 국어 교사),
윤성원(한성과학고등학교 국어 교사), 장원영(세화고등학교 역사 교사), 박영희(대왕중학교 과학 교사),
심선희(서울고등학교 과학 교사), 한문정(숙명여자고등학교 과학 교사)

세 마리 토끼 잡는 독서 논술 D3권

펴낸날 2019년 12월 10일 개정판 제1쇄
지은이 지에밥 창작연구소 | **연구원** 김지연, 조은정, 이자원, 차혜원 | **펴낸이** 주민홍 | **펴낸곳** ㈜NE능률 | **디자인** framewalk | **삽화** 김석류(표지, 캐릭터)
영업 한기영, 주성탁, 박인규, 장순용 | **마케팅** 박혜선, 고유진, 김상민 | **주소** 서울특별시 마포구 월드컵북로 396(상암동) 누리꿈스퀘어 비즈니스타워
10층(우편번호 03925) | **전화** (02)2014-7114 | **팩스** (02)3142-0356 | **홈페이지** www.nebooks.co.kr | **출판등록** 제1-68호
ISBN 979-11-253-3094-3 | 979-11-253-3114-8 (set)

- -

펴낸날 2012년 3월 1일 1판 1쇄
기획 개발 지에밥 창작연구소 | **디자인 기획 진행** 고정선 | **디자인** 유정아, 박지인, 이가영, 김지희 | **삽화** 오유선, 안준석, 정현정, 윤은하, 김민석, 윤찬진, 정효빈,
김승민

제조년월 2019년 12월 **제조사명** ㈜NE능률 **제조국** 대한민국 **사용 연령** 12~13세

하루하루 성장하는
내 아이의 모습을 확인하길 바라며

프랑스의 유명한 정신 분석 학자이자 철학자인 라캉은 인간이 성장한다는 것은 '상징계'에 편입되는 것이라고 말했습니다. 그가 말한 상징계란 '언어를 매개로 소통하는 체계'를 의미하는데, 우리가 살아가는 세상 혹은 사회가 바로 그것입니다. 결국 한 아이가 태어나서 정신적으로 성장하는 아동기에서 가장 중요한 것은 언어로 소통하는 능력을 키우는 일입니다. 〈세 마리 토끼 잡는 독서 논술〉은 이와 같은 점에 주목하여 기획하고 구성하였습니다.

첫째, 문자 언어를 비롯하여 그림, 도표 등 다양한 상징체계를 이해하는 과정을 통해 통합적인 언어 이해력을 키울 수 있도록 하였습니다.

둘째, 텍스트 이해력뿐만 아니라 추론 능력, 구성(표현) 능력, 비판적 사고 능력 등을 통합적으로 길러서 여러 가지 문제를 해결하는 데 실질적으로 도움이 될 수 있도록 하였습니다.

셋째, 초등 교육과정의 핵심 내용과 밀접하게 연계되도록 설계하였습니다.

부모님보다 더 훌륭한 스승은 없습니다. 〈세 마리 토끼 잡는 독서 논술〉은 부모님 이외의 다른 어떤 선생님도 필요 없습니다. 이 학습 프로그램을 통해서 하루하루 성장하는 내 아이의 모습을 확인하는 기쁨을 누리시길 바랍니다.

세 마리 토끼잡는 독서논술 이란?

어떤 책인가요?

하나의 주제와 관련된 다양한 글(동화, 시, 수필, 만화, 논설문, 설명문, 전기문 등)을 읽고 통합 교과적인 문제를 풀면서 감각적 언어 능력(작품의 이해와 감상)과 논리적 이해 능력(비문학의 구조, 추론, 적용 등), 국어 지식(어휘, 문법 등), 사회와 과학 내용 등을 통합적으로 익히는 독서 논술 프로그램 학습지입니다.

몇 단계, 몇 권인가요?

〈세 마리 토끼 잡는 독서 논술〉은 다음과 같이 총 5단계, 25권입니다.

단계	P단계	A단계	B단계	C단계	D단계
대상 학년	유아~초등 1년	초등 1년~2년	초등 2년~3년	초등 3년~4년	초등 5년~6년
권 수	5권	5권	5권	5권	5권

세 마리 토끼란?

'독서', '사고', '통합 교과'의 세 가지 영역을 말합니다. 즉, 한 권의 독서 논술 책으로 다양한 장르의 글을 읽을 수 있고, 논술 문제를 풀면서 사고력을 기를 수 있으며, 초등학교 주요 교과 내용과 연계된 문제를 풀면서 통합 교과 학습을 할 수 있습니다.

하루에 세 장씩 꾸준히 학습하면 세 마리 토끼를 잡을 수 있어요.

독서
* 각 단계에 맞게 초등학교의 주요 교과 내용을 주제로 정함.
* 각 권의 주제와 관련된 글을 언어, 사회, 과학 등으로 나누어 읽을 수 있음.

하루에 세 장씩 학습하면 한 권을 한 달에 끝낼 수 있어요.

사고
* 언어, 사회, 과학 등과 관련된 다양한 장르의 글을 읽고 논술 문제를 풀면서 생각하는 능력과 생각하는 폭을 확장할 수 있음.

통합 교과
* 다양한 장르의 글을 읽고 초등학교 국어, 사회, 과학 등의 학습 내용과 관련된 문제를 풀면서 통합 교과 학습을 할 수 있음.

세마리 토끼잡는 독서논술 이런 점이 다릅니다

초등학교 교과 내용과 긴밀하게 연결되어 있습니다.

각 단계의 권별 내용과 문제는 그 단계에 맞는 학년의 주요 교과 내용과 긴밀하게 연결되어 교과 학습에 도움을 줍니다.

하나의 주제를 통합 교과적으로 접근합니다.

각 권마다 하나의 주제가 있고, 그 주제를 언어, 사회, 과학과 연결시켜서 사고를 확장할 수 있게 하였습니다. 그리고 여러 교과와 연계된 문제를 풀면서 통합 교과적인 사고를 할 수 있습니다.

다양한 서술·논술형 문제를 풀 수 있습니다.

매 페이지마다 통합 교과 논술 문제를 제시하여 생각하는 힘과 표현력을 키울 수 있는 것은 물론 학교 시험에서 강화되고 있는 서술·논술형 문제에 대비할 수 있습니다.

다양한 장르의 글을 접할 수 있습니다.

각 주제와 관련된 명작 동화, 창작 동화, 전래 동화, 설화, 설명문, 논설문, 수필, 시, 만화, 전기문 등 다양한 장르의 글을 읽으면서 각 장르의 특성을 체험하며 독서하는 습관을 기를 수 있습니다. 특히 현재 왕성하게 활동하고 있는 여러 동화 작가의 뛰어난 창작 동화가 20여 편 수록되어 있습니다.

수준 높은 그림을 많이 제시하여 흥미롭게 학습할 수 있습니다.

어린이들은 글과 그림이 조화를 이룬 책으로 공부할 때 학습 효과를 높일 수 있습니다. 또한 좋은 그림은 어린이들의 정서 발달에 도움을 줍니다. 이런 점을 생각하여 한 페이지를 넘길 때마다 수준 높은 그림을 제시하여 어린이들이 흥미롭게 학습할 수 있도록 하였습니다.

세 마리 토끼잡는 독서논술은 이렇게 구성되었습니다

독서 전 활동 — 생각 열기

★ 한 주의 학습을 시작하기 전에 주제와 관련된 사진이나 그림을 보고, 앞으로 학습할 내용에 대해 흥미를 가질 수 있도록 하였습니다.

★ '생각 톡톡'의 문제를 풀면서 주제에 대한 자신의 경험이나 평소 생각을 돌이켜 보며 앞으로 학습할 내용을 짐작할 수 있도록 하였습니다.

★ 통합 교과 활동과 이어질 교과서의 연계 교과를 보며 교과 내용을 참고할 수 있도록 하였습니다.

독서 중 활동 — 깊고 넓게 생각하기

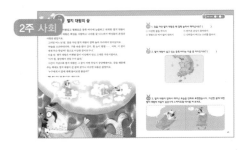

★ 한 권에 하나의 주제가 있고, 그 주제를 언어, 사회, 과학으로 나누어서 다양한 장르의 글을 읽으며 통합 교과 문제와 논술 문제를 풀 수 있도록 구성하였습니다.

★ 1주는 언어, 2주는 사회, 3주는 과학과 관련된 제재로 구성하였고, 4주는 초등 교과에서 다루고 있는 여러 가지 장르별 글쓰기(일기, 동시, 관찰 기록문, 기행문, 독서 감상문, 기사문, 논설문, 설명문, 희곡 등)와 명화 감상, 체험 학습 등의 통합 교과 활동으로 구성하였습니다.

독서 후 활동 생각 정리하기

되돌아봐요

★ 앞에서 읽은 글을 돌이켜 보면서 이야기의 흐름과 중심 생각을 파악하고, 더 나아가 자신의 생각을 발전시키는 문제를 풀 수 있도록 하였습니다. 이를 통해 한 주 동안 읽고 생각한 내용을 머릿속에서 차근차근 정리할 수 있습니다.

내가 할래요

★ 주제와 관련된 여러 가지 활동을 하며 한 주의 학습을 마무리할 수 있도록 하였습니다. 종이접기, 편지 쓰기, 그림 그리기 등 재미있는 활동을 하며 창의력과 상상력을 키울 수 있습니다.

★ 한 주의 학습이 끝난 다음 체크 리스트를 통해 학습한 주요 내용을 잘 이해하고 적용할 수 있는지 평가할 수 있습니다.

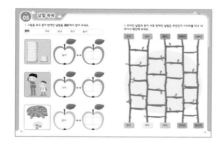

낱말 쏙쏙 (유아 P단계)

★ 한 주 동안 글을 읽으며 새로이 배운 낱말들을 그림과 더불어 살펴보고 익힐 수 있습니다.

궁금해요 (초등 A~D단계)

★ 한 주 동안 읽은 글이나 주제와 관련된 배경지식을 제공하여 앞에서 학습한 내용을 좀 더 깊이 이해할 수 있습니다.

세마리 토끼잡는 독서논술의 커리큘럼

단계	권	주제	제재			
			언어(1주)	사회(2주)	과학(3주)	통합 활동 장르별 글쓰기(4주)
P (유아 ~초1)	1	나의 몸 살피기	뾰족성의 거울 왕비	주먹이	구슬아, 어디로 가니?	몸 튼튼, 마음 튼튼
	2	예절 지키기	여우와 두루미	고양이가 달라졌어요	비비네 집으로 놀러 와!	안녕하세요?
	3	친구와 사귀기	하얀 토끼, 까만 토끼	오성과 한음	내 친구를 자랑합니다!	거꾸로 도깨비 나라
	4	상상의 즐거움	헤라클레스의 모험	용용 죽겠지?	나는야 좋은 바이러스	상상이 날개를 달았어요
	5	정리와 준비의 필요성	지우개야, 고마워!	소가 된 게으름뱅이	개미 때문에, 안 돼~!	색깔아, 모양아! 여기 모여라!
A (초1 ~초2)	1	스스로 하기	내가 해 볼래요!	탈무드로 알아보는 스스로 하는 힘	우리도 스스로 잘 살아요	일기를 써 봐요
	2	가족의 소중함	파랑새	곰이 된 아빠	동물들의 특별한 아기 기르기	편지를 써 봐요
	3	놀이의 즐거움	꼬부랑 할머니와 흰 눈썹 호랑이	한 번도 못 해 본 놀이	동물 친구들도 노는 게 좋대요	머리가 좋아지는 똑똑한 놀이
	4	계절의 멋	하늘 공주가 그린 사계절	눈의 여왕	나뭇잎을 관찰해요	동시를 써 봐요
	5	자연 보호	세모산 솔이	꿀벌 마야의 모험	파브르 곤충기 (송장벌레)	관찰 기록문을 써 봐요
B (초2 ~초3)	1	학교생활	사랑의 학교	섬마을 학교가 좋아졌어요	우리 반 사고뭉치 기동이	소개하는 글을 써 봐요
	2	호기심 과학	불개 이야기	시턴 동물기(위대한 통신 비둘기 아노스)	물을 훔쳐 간 범인을 찾아라!	안내하는 글을 써 봐요
	3	여행의 즐거움	하나의 빨간 모자	15소년 표류기	갯벌 탐사 여행	기행문을 써 봐요
	4	즐거운 책 읽기	행복한 왕자	멸치 대왕의 꿈	물의 여행	독서 감상문을 써 봐요
	5	박물관 나들이	민속 박물관에는 팡이가 산다	재미있는 세계 이야기 박물관	과학관으로 놀러 오세요	광고하는 글을 써 봐요

단계	권	주제	제재			
			언어(1주)	사회(2주)	과학(3주)	통합 활동 장르별 글쓰기(4주)
C (초3 ~초4)	1	교통의 발달	자동차의 왕, 헨리 포드	당나귀를 타려다가……	교통수단, 사람들 사이를 잇다	명화 속 교통수단
	2	날씨와 환경	그리스 로마 신화	북극 소년 피터	생활 속 과학	날씨와 생활
	3	나누며 사는 삶	마더 테레사	민들레 국숫집	지진과 화산	주장하는 글을 써 봐요
	4	지역의 자연환경	울산 바위의 유래	우리 마을이 최고야!	아름다운 우리 고장	우리 마을 지도를 그려 봐요
	5	지역의 문화	준치가 메기 된 날	강릉의 딸, 겨레의 어머니 신사임당	우리나라 풀꽃 이야기	지역 특산물을 소개해 봐요
D (초5 ~초6)	1	우리 역사	삼국유사	옛날 사람들은 어떻게 살았을까?	역사를 바꾼 겨레 과학	지붕 없는 박물관, 경주 역사유적 지구
	2	문화재	반야산 불상의 전설	난중일기	우리 문화에 숨어 있는 과학	설명하는 글은 어떻게 쓸까요?
	3	경제생활	탈무드로 만나는 경제	나눔을 실천한 기업가 유일한	재미있는 확률 이야기	기사문은 어떻게 쓸까요?
	4	정보화 사회	컴퓨터 천재 빌 게이츠	봉수와 파발	컴퓨터와 인터넷 세상	연설문은 어떻게 쓸까요?
	5	세계와 우주	우주를 여행하는 과학자 스티븐 호킹	80일간의 세계 일주	별과 우주	희곡은 어떻게 쓸까요?

각 학년의 교과와
연계된 주제로 다양한 글을
읽을 수 있어요.

세 마리 토끼잡는 독서논술 이렇게 공부하세요

자신 있게 학습할 수 있는 단계를 선택하세요.

〈세 마리 토끼 잡는 독서 논술〉은 어린이 개인의 능력에 따라 단계를 선택하여 학습할 수 있는 교재입니다. 학년과 상관없이 자신이 자신 있게 학습할 수 있는 단계부터 선택하는 것이 중요합니다. 너무 어려운 단계나 너무 쉬운 단계를 선택하면 학습에 흥미를 잃을 수 있으므로 주의하세요.

한 주 동안 읽어야 할 독서 자료를 미리 읽으세요.

한 주 동안 읽어야 할 독서 자료를 미리 읽고 전체 내용을 파악한 다음, 매일 3장씩 읽고 문제를 푸는 것이 독서 학습을 하는 데 효과적입니다. 독서에는 흐름이 있습니다. 전체의 흐름을 미리 알고 세부적인 문제를 푸는 것이 사고력 확장에 도움이 됩니다.

매일 3장씩 꾸준히 공부하세요.

'가랑비에 옷이 젖는다.'라는 속담처럼 매일 꾸준히 3장씩 읽고, 생각하고, 표현하다 보면 독서, 사고, 통합 교과적 사고 능력이 성장한다는 것을 느낄 수 있을 것입니다. 그리고 매일 학습을 마친 뒤에는 '1일 학습 끝!' 붙임 딱지를 붙이면서 성취감을 느껴 보세요.

한 주 학습을 마친 후 자기 평가를 해 보세요.

한 주 학습이 끝난 다음에는 체크 리스트를 통해 학습한 내용을 얼마나 이해하고 적용할 수 있는지 스스로 평가해 보세요. 그래서 부족한 부분이 있다면 다시 한번 짚고 넘어가세요.

부모님과 깊이 있는 대화를 나누어 보세요.

한 주 동안 독서 자료를 읽고 문제를 풀면서 생각하고 표현해 보았다면, 그 주제에 대해 부모님과 이야기를 나누어 보세요. 주제에 대해 자신이 새롭게 알게 된 것이나 다르게 생각하게 된 것을 부모님과 이야기하다 보면 생각이 더욱 커진답니다.

한 주 학습표

일	월	화	수	목	금	토

★ 한 주 동안 읽어야 할 독서 자료 미리 읽기

★ 매일 3장씩 학습하기 → '1일 학습 끝!' 붙임 딱지 붙이기 → 한 주 학습이 끝나면 체크 리스트를 보며 평가하기

★ 부족한 부분 되짚기
★ 주요 내용 복습하기

세마리 토끼 잡는 독서논술

D단계 3권

1주

탈무드로
만나는 경제

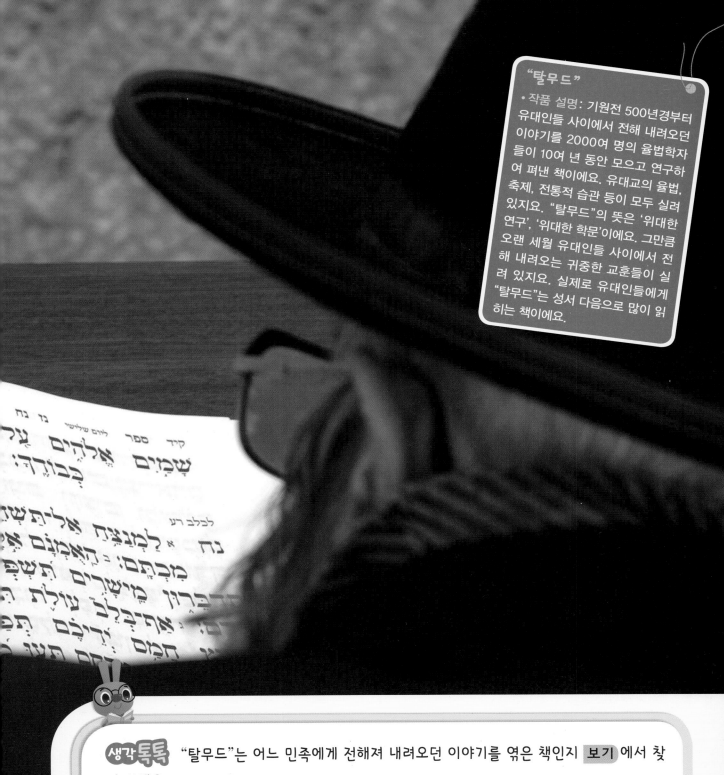

"탈무드"

• 작품 설명: 기원전 500년경부터 유대인들 사이에서 전해 내려오던 이야기를 2000여 명의 율법학자들이 10여 년 동안 모으고 연구하여 펴낸 책이에요. 유대교의 율법, 축제, 전통적 습관 등이 모두 실려 있지요. "탈무드"의 뜻은 '위대한 연구', '위대한 학문'이에요. 그만큼 오랜 세월 유대인들 사이에서 전해 내려오는 귀중한 교훈들이 실려 있지요. 실제로 유대인들에게 "탈무드"는 성서 다음으로 많이 읽히는 책이에요.

생각**톡톡** "탈무드"는 어느 민족에게 전해져 내려오던 이야기를 엮은 책인지 보기 에서 찾아 쓰세요.

보기   베두인족   유대인   인디언   투르크인   (   )

관련교과   [국어 6-1] 이야기를 읽고 인물의 생각이나 행동에 대한 느낌 쓰기
                   [사회 6-1] 우리나라 경제에 대해 알아보기

01 일꾼의 품삯

옛날에 커다란 포도밭을 가진 왕이 있었어요. 왕의 포도밭에서는 날마다 많은 일꾼이 일을 했지요.

어느 날, 왕은 포도밭을 둘러보고 싶었어요.

"포도 농사가 잘되고 있는지 궁금하구나. 한번 가 봐야겠다."

포도밭에 도착한 왕은 이곳저곳을 살폈어요. 덩굴마다 탐스러운 포도가 주렁주렁 열려 있었어요.

"음, 올해도 포도가 많이 열렸구나."

왕은 흐뭇한 표정으로 포도밭을 바라보았지요. 그때 솜씨 좋은 일꾼 한 사람이 눈에 띄었어요. 솜씨 좋은 일꾼은 포도밭에서 가장 일을 잘했어요. 한눈에 보기에도 일솜씨가 아주 뛰어났지요.

왕은 한참 동안 솜씨 좋은 일꾼을 지켜보았어요. 하지만 솜씨 좋은 일꾼은 왕이 자신을 쳐다보고 있다는 것도 모른 채, 그저 부지런히 손을 움직일 뿐이었지요. 몇 시간도 되지 않아 솜씨 좋은 일꾼은 남들이 하루 동안 해낼 일을 다 끝냈어요.

"오호, 참으로 일을 잘하는군. 정말 훌륭한 일꾼이로구나."

왕은 솜씨 좋은 일꾼을 보며 크게 감탄했어요.

1. 이 글의 내용으로 알맞지 <u>않은</u> 것은 무엇인가요? (　　　　)

① 한 일꾼이 왕의 눈에 띄었다.

② 왕은 커다란 포도밭을 가지고 있었다.

③ 왕은 솜씨 좋은 일꾼을 보며 크게 감탄했다.

④ 왕은 포도 농사가 잘되고 있는지 궁금해서 포도밭을 찾았다.

⑤ 솜씨 좋은 일꾼은 왕이 쳐다보는 것을 눈치채고 더욱 열심히 일했다.

2. 포도는 다른 식물이나 물건을 감아 올라가며 자라는 덩굴 식물입니다. 다음 중 포도와 같은 덩굴 식물에 해당하지 <u>않는</u> 것은 무엇인가요? (　　　　)

① 오이　　　　　② 호박　　　　　③ 옥수수

④ 담쟁이　　　　⑤ 수세미

3. 일꾼들은 왕의 포도밭에서 일을 했습니다. 일을 통해 얻을 수 있는 것은 무엇인지 여러분의 생각을 써 보세요.

왕은 솜씨 좋은 일꾼을 불렀어요.

"이리 가까이 오너라. 일하는 솜씨가 아주 훌륭하구나."

왕의 칭찬에 솜씨 좋은 일꾼은 왕에게 다가와 공손하게 머리를 숙였어요. 왕은 미소를 지으며 말했지요.

"너와 포도밭을 둘러보고 싶구나. 이제 나와 함께 산책이나 하자꾸나."

왕은 솜씨 좋은 일꾼을 데리고 포도밭을 거닐었어요. 솜씨 좋은 일꾼은 포도밭 여기저기를 안내하며 왕과 두런두런 이야기를 나누었지요.

다른 일꾼들은 그 모습을 못마땅한 눈으로 쳐다보았어요.

"쳇! 저 사람, 일은 하지 않고 계속 산책만 할 셈인가?"

"그러게 말이야. 우리는 땀을 뻘뻘 흘리며 일하는데 저렇게 한가롭게 놀기만 하는구먼. 이건 너무 [*]불공평해."

일꾼들은 볼멘소리로 저마다 한마디씩 했지요.

어느덧 날이 저물고 일꾼들이 돌아갈 시간이 되었어요. 일을 마친 일꾼들은 그날 일한 품삯을 받기 위해 왕 앞으로 줄을 섰어요.

※ **불공평**: 한쪽으로 치우쳐 고르지 못함.

1. 다음 보기 에서 밑줄 그은 '볼멘소리'의 낱말 뜻은 무엇인가요? (   )

보기   일꾼들은 볼멘소리로 저마다 한마디씩 했지요.

① 느리고 점잖은 말투
② 은근하게 비웃는 말투
③ 수다스럽게 떠드는 말투
④ 비위를 맞추거나 아첨을 떠는 말투
⑤ 화가 나거나 서운해서 퉁명스럽게 하는 말투

2. 일을 마친 일꾼들은 그날 일한 품삯을 받았습니다. 이 글에 쓰인 낱말들을 경제 용어로 바르게 표현한 것을 모두 고르세요. (   )

① 일 – 노동   ② 일꾼 – 기업가   ③ 일꾼 – 근로자
④ 품삯 – 임금   ⑤ 품삯 – 서비스

3. 왕은 솜씨 좋은 일꾼을 데리고 포도밭을 거닐었습니다. 여러분이 다른 일꾼의 입장이라면 그 모습을 보고 어떤 생각을 했을지 써 보세요.

일꾼들은 차례로 나와서 품삯을 받았어요.

그런데 솜씨 좋은 일꾼이 품삯을 받는 순간, 다른 일꾼들이 술렁대기 시작했어요. 솜씨 좋은 일꾼도 다른 일꾼들과 똑같은 품삯을 받았거든요. 일꾼들은 너도나도 화를 내며 따지고 들었어요.

"저 사람은 오늘 두 시간밖에 일하지 않았습니다. 우리가 땀을 뻘뻘 흘리며 일하는 동안 산책을 하며 시간을 보냈습니다. 그런데 저 사람과 저희가 품삯을 똑같이 받다니 이건 불공평하지 않습니까?"

"우리가 품삯을 더 받든가, 저 사람이 품삯을 덜 받아야 합니다. 일한 시간만큼 정확히 계산해서 주십시오."

그러자 왕은 고개를 저으며 말했어요.

"그렇지 않다. 중요한 건 얼마나 오랫동안 일을 했느냐가 아니라, 얼마나 많은 일을 했느냐 하는 것이다. 이 사람은 너희들이 온종일 걸려서 한 일보다 더 많은 일을 단 두 시간 만에 해치우지 않았느냐? 그런데도 품삯을 너희와 똑같이 주는 게 불공평하다는 것이냐?"

왕의 말에 일꾼들은 더 이상 아무 말도 못 한 채 집으로 돌아갔답니다.

언어 1. 왕이 화를 내며 따지는 일꾼들에게 중요하다고 한 것은 무엇인가요? (　　　　)

① 다른 사람과의 협동이 중요하다.

② 오랫동안 일을 하는 것이 중요하다.

③ 단 두 시간만 일하는 것이 중요하다.

④ 얼마나 많은 일을 했느냐가 중요하다.

⑤ 어떤 경우든 품삯을 똑같이 받는 것이 중요하다.

 사회 탐구 2. 일을 다른 말로 노동이라고 합니다. 노동에 대한 설명으로 알맞지 <u>않은</u> 것은 무엇인가요? (　　　　)

① 일을 하는 사람을 노동자라고 한다.

② 노동은 필요한 것을 얻기 위해 일하는 것이다.

③ 사람들이 노동을 하는 모습은 예나 지금이나 달라지지 않았다.

④ 통신이 발달하면서 사람들이 일을 하는 장소도 달라지고 있다.

⑤ 몸을 움직여 하는 것을 '육체노동', 머리를 써서 하는 것을 '정신노동'이라고 한다.

논술 3. 왕은 솜씨 좋은 일꾼에게 다른 일꾼과 똑같은 품삯을 주었습니다. 여러분은 왕의 행동에 대해 어떻게 생각하는지 써 보세요.

되찾은 돈주머니

옛날, 어느 시골 마을에 한 상인이 살았어요. 상인은 장사에 필요한 물건을 사기 위해 도시로 향했어요. 도시의 시장은 많은 사람으로 북적였지요. 시장을 둘러보던 상인은 사람들이 두런거리는 소리를 듣게 되었어요.

"자네, 며칠 뒤에 큰 장이 서는 거 아나?"

"알고 있네. 물건을 팔러 많은 사람이 몰려온다지? 그럼 같은 물건이라도 훨씬 싸게 살 수 있겠군."

사람들의 이야기를 들은 상인은 장이 열릴 때까지 도시에서 머물기로 했어요.

'물건을 싸게 사서 제값을 받고 팔면 더 많은 이익을 남길 수 있지. 물건값이 내려갈 때까지 기다려야겠어.'

그런데 한 가지 마음에 걸리는 게 있었어요.

'물건을 사기 위해 큰돈을 갖고 왔는데 어쩌지? 갖고 다니다가 잃어버리기라도 하면 큰일인데……. 좋은 방법이 없을까?'

곰곰이 궁리하던 상인은 무릎을 탁 쳤어요.

'옳거니! 그렇게 하면 되겠군.'

상인은 사람들의 발길이 뜸한 으슥한 곳으로 향했어요. 그러고는 땅을 파고 은화 500닢이 든 돈주머니를 깊숙이 묻었지요.

언어 1. 상인이 돈을 잃어버리지 않기 위해 한 행동은 무엇인가요? (   )

① 다른 사람에게 돈을 맡겼다.

② 다시 시골 마을로 되돌아갔다.

③ 옷 안에 깊숙이 넣어 지니고 다녔다.

④ 땅을 파고 돈주머니를 깊숙이 묻었다.

⑤ 곧바로 시장에 가서 필요한 물건을 샀다.

사회 탐구 2. 다음 중 시장에 대한 설명으로 알맞지 <u>않은</u> 것은 무엇인가요? (   )

① 시장은 물건을 사고파는 곳이다.

② 시장은 열리는 시기에 따라 농산물 시장, 의류 시장 등으로 나뉜다.

③ 시장에서는 우리 지역에서 생산되지 않는 물건도 쉽게 구할 수 있다.

④ 소매 시장의 상인은 도매상인에게서 물건을 사서 소비자에게 판매한다.

⑤ 도매 시장은 꽃, 축산물, 수산물 등 주로 한 가지 종류의 물건을 다루는 경우가 많다.

논술 3. 상인은 물건을 싸게 사서 제값을 받고 팔면 더 많은 이익을 남길 수 있다고 생각했습니다. 여러분이 상인이라면 더 많은 이익을 남기기 위해 어떤 방법을 쓸지 써 보세요.

며칠 뒤, 정말 소문처럼 큰 장이 열리고 물건값이 떨어졌어요. 상인은 물건을 사기 위해 돈을 묻어 둔 곳으로 향했어요. 그런데 땅을 파 보니, 돈주머니가 감쪽같이 없어진 게 아니겠어요?

"아이고, 이 노릇을 어쩔꼬! 누가 내 돈을 몽땅 훔쳐 갔구나."

상인은 바닥에 털썩 주저앉았어요. 눈앞이 캄캄했지요.

"혹시 돈을 묻어 둔 곳이 여기가 아닌가?"

상인은 정신을 가다듬고 주변을 둘러보았어요. 그런데 저만치 집 한 채가 보였어요.

"아니, 저기에 집이 있었나? 혹시 내가 돈을 묻는 것을 저 집에서 본 게 아닐까?"

상인은 그 집으로 달려가 보았어요. 가까이에서 보니 그 집의 벽에 구멍이 있었지요.

'음. 이 구멍으로 밖을 내다본다면 내가 돈을 묻는 것이 보였을 거야. 이 집 주인이 내 돈을 가져간 게 틀림없어.'

상인은 곰곰이 생각에 잠겼어요.

'어떻게 하면 무사히 돈을 되찾을 수 있을까?'

1. 상인은 무엇을 보고 그 집 주인이 자신의 돈을 가져갔다고 생각했나요? (   )

① 땅에 난 발자국   ② 집 벽에 뚫린 구멍
③ 그 집 주인의 옷차림   ④ 집을 둘러싼 높은 담장
⑤ 그 집 주인이 가진 보석

2. 이 글에서는 장이 열리고 물건값이 떨어졌다고 했습니다. 그렇다면 다음 중 '가격' 에 대한 설명으로 알맞지 <u>않은</u> 것은 무엇인가요? (   )

① 가격은 상품의 가치를 화폐로 나타낸 것이다.
② 물건은 적은데 사려는 사람이 많으면 가격이 올라간다.
③ 물건은 많은데 사려는 사람이 적으면 가격이 올라간다.
④ 물건의 가격이 내려가면 물건을 사려는 사람이 늘어난다.
⑤ 가격은 항상 정해져 있는 것이 아니라 오르기도 하고 내리기도 한다.

3. 상인은 그 집 주인이 돈을 훔쳐 간 게 틀림없다고 생각했습니다. 하지만 다짜고짜 그 집 주인에게 돈을 내놓으라고 따지는 대신, 어떻게 하면 돈을 무사히 찾을 수 있을지 생 각했습니다. 상인이 그렇게 한 까닭과 여러분이 만약 상인의 입장이었다면 어떻게 행동했을 지 써 보세요.

마침내 상인은 결심한 듯 그 집 대문을 두드렸어요.

"뉘시오? 아니 당신은……? 어험, 뉘신데 나를 찾아왔소?"

문을 열고 나온 영감이 상인을 보고 당황한 표정으로 물었어요.

'옳거니, 나를 보고 놀라는 것을 보니, 내 돈을 훔쳐 간 게 틀림없군.'

상인은 화가 치밀었어요. 하지만 속마음을 숨기고 어수룩한 표정으로 말했어요.

"실은 제게 고민이 하나 있는데, 이 집 주인어른께서 현명하시다는 소문을 듣고 도움을 구하러 찾아왔습니다."

"도움이라고? 좋소. 무슨 일인지 들어 봅시다. 어서 들어오시오."

상인은 영감을 따라 집 안으로 들어갔어요.

"어떤 고민인데 나를 찾아왔소?"

"저는 시골에서 온 상인입니다. 물건을 사려고 은화 500닢과 800닢을 각각 주머니에 담아 왔지요. 혹시 돈을 잃어버릴까 봐 은화 500닢이 든 돈주머니를 아무도 모르는 곳에 묻어 두었는데, 800닢이 든 돈주머니는 어떻게 할지 걱정입니다. 은화 500닢을 묻은 곳에 함께 묻어 두는 게 좋을까요? 아니면 믿을 만한 사람에게 맡겨 두는 게 좋을까요?"

상인은 도무지 알 수 없다는 듯 고개를 갸웃하며 영감에게 물었어요.

1. 상인이 영감에게 말한 고민은 무엇인가요? (   )

① 장사에 필요한 물건을 사지 못해 고민이다.

② 땅에 묻어 둔 돈주머니가 없어져서 고민이다.

③ 돈주머니를 맡길 만한 사람이 없어 고민이다.

④ 은화 800닢이 든 돈주머니를 어떻게 할지 고민이다.

⑤ 은화 500닢이 든 돈주머니를 묻어 둔 곳이 기억나지 않아 고민이다.

1주 2일
학습 끝!

붙임 딱지 붙여요.

▲ 조선 시대 화폐인 상평통보

2. 은화는 '금속 화폐'입니다. 금속 화폐에 대한 설명으로 맞으면 ◯표를, 틀리면 ✕ 표를 하세요.

(1) 조개껍데기와 쌀, 소금은 금속 화폐이다. (   )

(2) 금속 화폐는 물품 화폐에 비해 운반과 보관이 편리하다. (   )

(3) 우리나라는 조선 시대에 '상평통보'라는 금속 화폐를 발행했다. (   )

(4) 화폐는 물품 화폐, 지폐, 금속 화폐, 신용 화폐의 순으로 발달해 왔다. (   )

3. 돈을 훔쳐 간 영감은 상인이 찾아온 것을 보고 당황해 하였습니다. 하지만 상인이 어수룩한 표정으로 도움을 구하러 왔다고 하자 집 안으로 들어오라고 했습니다. 이런 행동을 한 영감에게 해 주고 싶은 말을 써 보세요.

상인의 말을 듣고 나서 영감은 눈을 반짝반짝 빛내며 말했어요.

"그런 일이라면 나를 찾아오길 참 잘했네. 세상에 믿을 사람이 어디 있나? 돈을 맡기다니 큰일 날 일이지. 은화 800닢도 500닢을 묻은 곳에 함께 묻어 두게. 꼭 그렇게 해야 하네."

"어르신 말씀을 들으니, 그게 좋겠군요. 그럼 조금 있다가 해가 기울고 어둑해지면 은화 500닢을 묻은 곳에 나머지 800닢도 묻어 두어야겠습니다."

상인은 고맙다는 인사를 남기고 그 집을 나섰어요.

상인이 돌아간 뒤, 영감은 좋아서 팔짝팔짝 뛰었지요.

"이게 웬 떡이야. 은화 800닢까지 굴러 들어오게 생겼구먼. 가만, 저 녀석이 돈을 묻으려고 땅을 팠다가 먼저 묻어 둔 돈주머니가 보이지 않으면 800닢을 묻지 않겠지? 어이쿠, 해가 지기 전에 서둘러 돈을 도로 묻어 놔야겠어."

영감은 부랴부랴 은화가 든 돈주머니를 들고 나가 파냈던 곳에 도로 묻었어요.

상인은 근처에 있는 나무 뒤에 몸을 숨기고 지켜보다가 영감이 돈을 묻고 돌아가자마자 땅을 파서 돈을 꺼냈어요. 이렇게 해서 상인은 잃어버린 돈을 되찾고, 그 돈으로 물건을 싼 값에 사 집으로 돌아갈 수 있었답니다.

1. 이 글에서 일이 일어난 순서를 바르게 나타낸 것은 어느 것인가요? (   )

> ㉠ 영감이 상인에게 은화 500닢을 묻은 곳에 800닢도 묻어 두라고 했다.
> ㉡ 상인은 돈을 되찾고, 물건을 싼값에 사서 집으로 돌아갈 수 있었다.
> ㉢ 영감이 은화가 든 돈주머니를 원래 있던 곳에 도로 묻어 놓았다.
> ㉣ 상인은 고맙다는 인사를 남기고 영감의 집을 나섰다.

① ㉠ → ㉡ → ㉢ → ㉣   ② ㉠ → ㉡ → ㉣ → ㉢   ③ ㉠ → ㉢ → ㉡ → ㉣
④ ㉠ → ㉣ → ㉡ → ㉢   ⑤ ㉠ → ㉣ → ㉢ → ㉡

 2. 우리나라는 예부터 여러 나라의 상인들과 무역을 해 왔습니다. 다음 보기 에서 밑줄 그은 '이 나라'의 이름은 무엇인가요? (   )

보기 '이 나라'는 예성강 하구에 위치한 벽란도를 중심으로 활발한 대외 무역을 하였으며, 송나라와 일본, 거란, 여진은 물론 아라비아 상인들과도 교류를 하였다. 또한 우리나라가 '코리아'라는 이름으로 불리게 된 것도 아라비아 상인들이 '이 나라'의 이름을 서양에 전했기 때문이다.

① 가야   ② 신라   ③ 발해
④ 고려   ⑤ 조선

 3. 상인이 돈을 되찾기 위해 쓴 방법에 대해 여러분은 어떻게 생각하는지 써 보세요.

03 자선을 베푼 사람

어느 마을에 커다란 농장을 가진 농부가 살았어요. 농부는 매년 가을이 되면 찾아오는 랍비들에게 많은 돈을 내놓았지요.

"이 돈을 좋은 일에 써 주십시오."

"항상 이렇게 도와주시니 뭐라고 감사를 해야 할지 모르겠습니다."

"감사는요, 뭘. 당연히 해야 할 일을 하는 것뿐인데요."

농부는 늘 어려운 사람을 위해 아낌없이 자선을 베풀었어요. 그래서 마을에서도 인심이 좋기로 소문이 자자했지요.

그러던 어느 해였어요. 마을에 큰 태풍이 휘몰아쳤어요. 마을 사람들은 걱정이 이만저만이 아니었어요.

"정말 큰일이군. 이렇게 비바람이 심해서야, 원."

"농작물들은 어떻게 하지요? 1년 내내 힘들게 기른 것인데……."

마을 사람들은 태풍으로 인해 엄청난 피해를 입었어요. 커다란 과수원과 농장을 운영하던 농부도 사정은 마찬가지였지요.

농부의 과수원에 있던 과일나무들은 뿌리째 뽑혔어요. 그해 지은 농작물들도 비바람에 쓰러져 아무것도 거둘 수 없는 지경이 되었지요.

---

* **자선**: 남을 불쌍히 여겨 도와줌.

언어 1. 이 글의 내용으로 알맞지 <u>않은</u> 것은 무엇인가요? (   )

① 어느 해 마을에 큰 태풍이 휘몰아쳤다.

② 마을 사람들은 태풍으로 인해 큰 피해를 입었다.

③ 커다란 농장을 가진 농부는 인심 좋기로 소문이 자자했다.

④ 과수원을 운영하는 농부는 태풍에도 아무 피해를 입지 않았다.

⑤ 농부는 가을이 되면 좋은 일에 써 달라며 랍비들에게 많은 돈을 내놓았다.

사회탐구 2. 농부는 농장을 운영하고 있었습니다. 농장이란 농업을 하는 곳이고, 농업은 자연을 직접 이용해 생산물을 얻는 1차 산업입니다. 다음 중 1차 산업에 해당하는 것 두 가지를 고르세요. (   )

①
축산업

②
수산업

③
건설업

④
관광업

논술 3. 농부는 늘 어려운 사람을 돕기 위해 자선을 베풀었습니다. 여러분은 어려운 사람들을 돕기 위해 어떤 일을 했는지, 그리고 그때 어떤 느낌을 받았는지 써 보세요.

얼마 뒤 농부에게 또다시 힘든 일이 닥쳤어요. 전염병이 마을을 휩쓸어 농부가 기르던 소와 말, 양 같은 가축들이 모두 죽고 만 거예요.

"휴, 엎친 데 덮친 격이라더니……."

농부는 깊은 한숨을 내쉬었어요.

그런데 농부의 사정이 알려지자 몇몇 사람이 한달음에 달려왔어요. 농부가 농장을 운영하기 위해 돈을 빌린 사람들이었지요. 사람들은 형편이 어려워진 농부가 돈을 갚지 못할까 봐 서둘러 찾아온 것이었어요.

"빌려 간 돈은 어쩔 셈이오?"

"지금 당장 돈을 갚으시오!"

사람들의 성화에 농부는 큰 집과 남은 땅을 팔아 빚을 갚아야 했어요. 사람들은 농부의 재산을 모두 나눠 가진 뒤에야 집으로 돌아갔지요.

이제 농부에게 남은 것이라고는 허름한 집 한 칸과 조그만 땅밖에 없었어요. 하지만 농부는 절망하지 않았고 오히려 평온한 얼굴이었어요.

"나의 모든 재산은 하느님께서 주셨던 거야. 그리고 이제 그분의 뜻에 따라 다시 거두어 가셨으니 받아들일 수밖에 없지."

농부는 그 누구도 원망하지 않았어요.

＊ **전염병**: 전염성을 가진 병들을 통틀어 이르는 말.

1. 이 글의 내용으로 알맞지 <u>않은</u> 것은 무엇인가요? (   )

① 사람들이 농부의 재산을 나누어 가졌다.

② 재산을 잃은 농부는 모든 사람들을 원망했다.

③ 농부가 기르던 가축들이 전염병에 걸려 모두 죽었다.

④ 농부에게 돈을 빌려주었던 사람들이 농부를 찾아왔다.

⑤ 농부에게는 허름한 집 한 칸과 조그만 땅밖에 남지 않았다.

1주 3일
학습 끝!

붙임 딱지 붙여요

 2. 농부는 농장을 운영하기 위해 사람들에게 돈을 빌렸습니다. 돈을 빌리는 일과 관련하여 보기 에서 설명하는 '이것'을 가리키는 경제 용어를 써 보세요.

보기 • '이것'은 돈을 빌리는 대가로 지불해야 하는 돈이다.
• 사람들은 자신의 돈을 은행에 맡기고 그 대가로 '이것'을 받는다.

돈을 빌릴 때

돈을 갚을 때

(   )

 3. 사람들은 형편이 어려워진 농부에게 몰려와 빌려준 돈을 받아 갔습니다. 사람들의 행동에 대해 여러분은 어떻게 생각하는지 써 보세요.

29

어느덧 가을이 되었어요. 랍비들은 그해에도 어김없이 도움을 받기 위해 농부를 찾아왔지요. 랍비들은 낡은 오두막집으로 이사해 힘들게 살고 있는 농부의 모습을 보고 눈이 휘둥그레졌어요.

"아니, 이게 어찌 된 일입니까?"

농부는 그동안 겪었던 일을 랍비들에게 말해 주었어요.

"당신처럼 마음씨 좋은 분에게 이런 일이 생기다니……."

이야기를 들은 랍비들은 몹시 안타까워하며 농부를 위로했어요. 그러고는 속으로 생각했지요.

'농부의 사정이 이렇게 어려우니 예전처럼 도와 달라고 할 수는 없겠구나. 아무래도 그냥 돌아가야겠군.'

그때 농부의 아내가 남편에게 다가와 속삭였어요.

"여보, 우리는 그동안 랍비들에게 기부금을 내서 학교를 세우고 가난한 사람들을 도왔어요. 그런데 올해는 아무것도 내놓지 못하게 되다니 안타까워요."

"그러게 말이오. 이대로 돌려보낼 수는 없는데……."

농부는 골똘히 생각에 잠겼어요.

※ **기부금**: 자선 사업이나 공공사업을 돕기 위하여 대가 없이 내놓은 돈.

1. 농부를 찾아온 랍비들이 놀란 까닭은 무엇인가요? (   )

① 농부의 초라한 모습 때문에

② 농부가 몹시 아팠기 때문에

③ 농부가 랍비들을 내쫓았기 때문에

④ 농부가 새로운 학교를 세웠기 때문에

⑤ 농부가 많은 기부금을 내놓았기 때문에

 2. 농부가 어려운 일을 만난 것처럼 우리나라도 1997년 외환 위기로 큰 어려움에 처했습니다. 이때 정부, 기업, 국민이 한마음이 되어 위기를 이겨 냈습니다. 다음 중 당시 정부, 기업, 국민의 노력에 대해 잘못 말한 사람은 누구인가요? (   )

① 경제 호황으로 기업은 회사의 규모를 확대하고 활발하게 해외로 진출했어.

② 정부는 일자리를 잃은 사람들에게 일자리를 제공하기 위해 노력했어.

③ 기업에서는 구조 조정을 했어. 이익이 나지 않는 사업을 정리해서 비용을 줄인 것이지.

④ 온 국민이 아나바다 운동에 참여했어. 아나바다 운동은 아껴 쓰고 나눠 쓰고 바꿔 쓰고 다시 쓰자는 운동이지.

 3. 여러분이 랍비라면 농부에게 어떤 위로의 말을 해 주었을지 써 보세요.

농부는 굳게 결심한 표정으로 말했어요.

"랍비님들, 조금만 기다려 주십시오."

밖으로 나간 농부는 잠시 뒤 손에 돈을 쥐고 돌아왔어요. 그러고는 랍비들에게 그 돈을 내밀었지요.

"아니, 이 돈이 어디서 났습니까?"

랍비들이 깜짝 놀라며 묻자, 농부는 겸손하게 대답했어요.

"저희에게는 마지막으로 남은 조그만 땅이 있었습니다. 이것은 그 땅의 절반을 팔아 마련한 돈이지요. 이 돈을 저희보다 더 가난한 사람들을 위해 써 주십시오."

랍비들은 농부의 착한 마음씨에 크게 감동하고 돌아갔어요.

농부 부부는 남은 절반의 땅에 농사를 짓기로 했어요. 그리고 예전보다 더욱 부지런히 일했지요. 그러던 어느 날, 쟁기로 밭을 갈고 있는데, 쟁기를 끌던 소들이 그만 쓰러지고 말았어요.

"어! 이 소들이 갑자기 왜 이러지?"

깜짝 놀란 농부는 쓰러진 소들을 힘껏 일으켜 세웠어요.

1. 다음 중 보기 의 '손'과 같은 뜻으로 쓰인 것은 무엇인가요? (   )

보기

밖으로 나간 농부는 잠시 뒤 손에 돈을 쥐고 돌아왔어요.

① 그 사람과는 이제 손을 끊겠다.
② 얼음을 만졌더니 손이 차가워졌다.
③ 모내기 철에 손이 모자라 애를 먹었다.
④ 어머니가 시장에서 고등어 한 손을 사 오셨다.
⑤ 우리 집에는 매일 찾아오는 손이 많은 편이다.

2. 우리나라는 지형에 따라 사람들의 생활 모습이 다릅니다. 다음 지형을 이용하여 할 수 있는 일이 무엇인지 알맞은 것끼리 줄로 이으세요.

(1)

•

• ㉠ 논농사, 밭농사와 같은 1차 산업에 적합한 환경이며, 도시를 건설할 수도 있다.

(2)

•

• ㉡ 밭농사나 고랭지 농업에 적합한 환경이며, 목축업과 관광 산업 등이 유리하다.

(3)

•

• ㉢ 어업에 유리하며, 항구를 건설하거나 제조업에 유리한 환경 덕분에 공업 도시를 건설할 수 있다.

3. 농부는 마지막 남은 땅의 반을 팔아 어려운 사람을 도왔습니다. 여러분은 농부의 행동을 어떻게 생각하는지 써 보세요.

❁ _____

❁ _____

그때였어요. 소들이 쓰러진 자리에 번쩍번쩍 빛나는 물건이 보이는 게 아니겠어요?

"아니, 이건!"

농부가 발견한 것은 커다란 보석이었어요. 농부는 크게 기뻐하며 그 보석을 팔아 예전처럼 큰 농장을 다시 샀어요.

이듬해 가을이 되자 랍비들이 다시 농부를 찾아왔어요. 랍비들은 농부가 아직도 가난하게 살고 있을 것이라고 생각하며 낡은 오두막집으로 찾아갔지요. 하지만 농부는 그곳에 없었어요.

"그분은 여기 살지 않습니다. 저쪽에 있는 큰 집에서 살지요."

랍비들은 이웃 사람들이 알려 준 곳으로 찾아갔어요. 농부는 랍비들을 반갑게 맞으며 집 안으로 모셨어요.

"어서 오세요. 그렇지 않아도 기다리고 있었습니다."

랍비들은 다시 큰 부자가 된 농부를 보며 몹시 기뻐했어요. 그리고 어찌 된 일인지 물었지요. 농부는 환하게 웃으며 랍비들에게 다음과 같이 대답했어요.

"다른 사람에게 자선을 베풀면, 베푼 만큼 나에게 돌아오는 법입니다."

 1. 농부가 밭에서 발견한 것은 무엇인가요? (   )

①
열쇠

②
빛나는 쟁기

③
빛나는 거울

④
커다란 보석

⑤
커다란 바위

1주 4일
학습 끝!

붙임 딱지 붙여.

 2. 이 글을 시간의 순서에 맞게 정리하려고 합니다. 다음의 사건 뒤에 들어갈 내용을 보기 에서 찾아 (   ) 안에 알맞은 기호를 써 보세요.

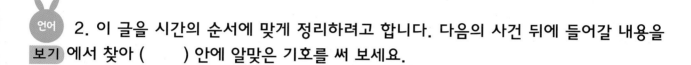

보기
㉠ 랍비들은 다시 부자가 된 농부를 보며 기뻐했다.
㉡ 랍비들은 이웃 사람들이 알려 준 곳으로 농부를 찾아갔다.
㉢ 농부는 보석을 팔아 예전처럼 큰 농장을 다시 샀다.

농부는 소가 쓰러진 자리에서 커다란 보석을 발견했다. → ⑴ (   ) → 랍비들이 낡은
오두막집으로 농부를 찾아갔다. → ⑵ (   ) → 농부는 랍비들을 반갑게 맞이했다. →
⑶ (   )

 3. 농부는 다른 사람에게 자선을 베풀면 베푼 만큼 자신에게 돌아온다고 했습니다. 자선을 베풀면 어떤 점이 좋은지 여러분의 생각을 써 보세요.

1 '일꾼의 품삯'을 읽고, 다음 내용이 맞으면 ◯표를, 틀리면 ✕표를 하세요.

(1) 왕은 솜씨 좋은 일꾼에게 함께 산책을 하자고 했다. (　　　)

(2) 솜씨 좋은 일꾼은 다른 일꾼보다 더 많은 품삯을 받았다. (　　　)

(3) 왕은 포도 농사가 잘되고 있는지 궁금해서 포도밭을 찾았다. (　　　)

(4) 솜씨 좋은 일꾼은 왕이 자신을 쳐다보자 더욱 부지런히 일했다. (　　　)

(5) 왕은 일꾼들에게 얼마나 오랫동안 일을 했느냐가 중요하다고 했다. (　　　)

2 다음은 '되찾은 돈주머니'에 나오는 사건을 나열한 것입니다. 아래 글과 그림을 보고 이야기가 일어난 순서대로 빈칸에 번호를 써넣으세요.

상인은 땅에 묻어 두었던 돈주머니가 사라진 것을 알았다.

상인은 영감을 찾아가 은화 800닢이 든 돈주머니를 어떻게 보관하면 좋을지 물었다.

상인은 벽에 구멍이 뚫린 집 한 채를 발견하고, 그 집 주인이 돈을 훔쳤다고 생각했다.

영감은 은화 800닢도 500닢을 묻은 곳에 함께 묻어 두라고 말했다.

상인은 돈을 되찾은 뒤, 그 돈으로 물건을 사서 집으로 돌아갔다.

영감이 은화가 든 돈주머니를 원래 묻혀 있던 곳에 도로 묻었다.

3 다음은 '자선을 베푼 사람'의 내용을 정리한 것입니다. 일이 일어난 순서대로 정리할 때 빈칸에 들어갈 알맞은 내용을 보기에서 찾아 기호를 써 보세요.

> 보기
> ㉠ 농부는 소들이 쓰러진 자리에서 커다란 보석을 발견했다.
> ㉡ 돈을 빌려준 사람들이 찾아와 농부의 재산을 나눠 가져갔다.
> ㉢ 전염병이 휩쓸어서 농부가 기르던 가축들이 모두 죽고 말았다.
> ㉣ 농부는 남은 땅의 절반을 팔아서 그 돈을 랍비들에게 건네주었다.

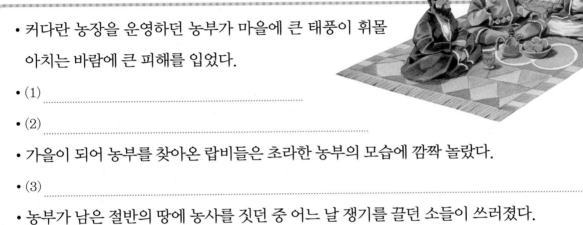

- 커다란 농장을 운영하던 농부가 마을에 큰 태풍이 휘몰아치는 바람에 큰 피해를 입었다.
- (1) _____
- (2) _____
- 가을이 되어 농부를 찾아온 랍비들은 초라한 농부의 모습에 깜짝 놀랐다.
- (3) _____
- 농부가 남은 절반의 땅에 농사를 짓던 중 어느 날 쟁기를 끌던 소들이 쓰러졌다.
- (4) _____
- 농부는 보석을 팔아 예전처럼 큰 농장을 운영하는 부자가 되었다.

4 '일꾼의 품삯'에서 왕은 일을 하는 데 중요한 것은 일한 시간보다는 일한 양이라고 했습니다. 만약 여러분이 왕의 입장이라면 어떤 기준으로 품삯을 나누어 줄 것인지 써 보세요.

유대인 가운데 부자가 많다고?

"탈무드"를 쓴 유대인은 세계에서 부자가 가장 많은 민족이라고 알려져 있어요. 유대인이 세계 경제를 쥐락펴락한다는 말까지 있지요. 정말로 유대인 가운데 부자가 많을까요? 유대인은 돈을 어떻게 생각하고 있을까요? 지금부터 함께 알아보기로 해요.

세계 백만장자의 20퍼센트가 유대인이라고?

유대인은 세계 인구의 0.3퍼센트 정도예요. 하지만 세계 100대 기업의 40퍼센트를 소유하고 있어요. 세계에서 다섯 손가락 안에 꼽히는 큰 식량 회사 가운데 세 곳, 세계 7대 석유 회사 가운데 여섯 곳이 유대인의 것이지요. 세계 백만장자의 20퍼센트가 유대인이라는 통계도 있답니다. 실제로 유대인은 세계 경제에 큰 영향을 끼치고 있어요.

▲ 유대인 대부호인 로스차일드 가문의 저택

유대인의 경제 교육

유대인에게 부자가 많은 이유는 돈에 대한 유대인의 생각 때문이에요.

"돈은 기회를 만들어 준다.", "돈은 열심히 일한 사람에게 주는 신의 축복이다."

이 말들은 유대인의 격언이에요. 격언을 보면, 유대인이 돈을 무척 중요하게 여긴다는 것을 알 수 있지요. 그래서 유대인은 경제 교육도 어려서부터 실시해요. 유대인 아이들은 행사가 열리는 곳에서 사탕과 과자 같은 물건을 직접 팔기도 하고, 부모가 운영하는 가게에서 일을 하기도 해요. 직접 경제 활동을 하면서 자연스럽게 경제에 대해 배우고 돈의 소중함을 깨닫지요. 유대인은 돈을 관리하는 것도 무척 중요하게 여겨요. 아이들은 용돈을 어디에 썼는지 꼼꼼하게 기록하고, 부모와 합리적인 돈 사용에 대한 이야기를 많이 나누어요. 유대인 부모는 아이들에게 소득의 3분의 2를 기부와 저축에 사용하고 나머지만 쓰라고 가르치지요. 이런 경제 교육이 돈을 올바르게 사용할 수 있는 밑거름이 되고, 유대인을 부자가 많은 민족으로 만들었답니다.

▲ 어릴 적부터 경제 교육을 받는 유대인

세계를 떠돌며 살던 민족

유대인이 돈을 중요하게 여기는 데에는 남다른 이유가 있어요. 지금은 이스라엘이라는 유대인 나라가 있지만, 1948년 이전까지 유대인에게는 나라가 없었어요. 2000년이라는 긴 세월을 유대인은 나라 없이 세계 곳곳을 떠돌며 살았지요.

유대인은 어디에 살든 자신들의 문화와 관습을 철저하게 지켰어요. 그런 유대인을 바라보는 시선은 곱지 않았어요. 유대인에게는 세금을 한꺼번에 많이 물리기도 하고, 나쁜 일이 생기면 유대인 탓이라며 갑자기 살던 곳에서 내쫓기도 했지요. 이런 상황에서 살아남기 위해 유대인은 더욱 돈을 중요하게 여기게 된 거예요.

나눔은 당연한 일!

▲ 나눔을 실천하는 유대인 어린이들

유대인은 특별한 이유가 없는 한 다른 사람을 위해 돈을 쓰지 않아요. 가까운 사이에도 돈에 관해서만큼은 아주 정확하게 계산해요. 그래서 유대인을 돈밖에 모르는 민족이라고도 하지요.

하지만 알고 보면 유대인만큼 남을 돕는 일에 적극적인 민족도 드물어요. 유대인이 사용하는 히브리어에는 '자선'이라는 말이 없어요. 유대인은 가난한 사람을 돕는 것을 '정의'라는 뜻이 담긴 '체다카'라고 해요. 남을 돕는 일을 당연히 해야 할 도리로 여기기 때문이에요.

유대인은 아주 어릴 때부터 체다카를 실천한답니다. 용돈에서 일정 금액을 떼어 저금통에 저금하고, 그 돈을 어려운 사람을 돕는 데 사용하지요.

✏️ 돈은 지나치게 욕심내도 안 되지만 없어도 문제입니다. 여러분이 생각하는 돈의 필요성에 대해 써 보세요.

내가 할래요

독서 일기 쓰기

'자선을 베푼 사람'에 나오는 농부는 어려운 사람들을 돕는 데에 발 벗고 나섰습니다. 여러분은 오늘 하루 남을 위해 어떤 일을 했나요? '자선을 베푼 사람'을 읽고 느낀 점을 오늘 하루 동안 여러분의 경험과 관련지어 일기로 써 보세요.

> 다른 사람에게 자선을
> 베풀면, 베푼 만큼
> 자신에게 돌아온답니다.
> 여러분도 어려운 이웃을 돕는 데
> 언제나 최선을 다하시기를
> 바랍니다.

1달란트 기증

※ 달란트: 유대의 화폐 단위.

1주 학습 끝!

확인할 내용	잘함	보통임	부족함
1. 이번 주 학습을 5일(월요일~금요일) 안에 끝마쳤나요?			
2. 경제 활동이 어떤 것인지 잘 이해하였나요?			
3. 등장인물의 마음이 되어 상상하기를 잘할 수 있나요?			
4. "탈무드"의 교훈을 잘 설명할 수 있나요?			

'자선을 베푼 사람'을 읽고

년   월   일

1주 5일
학습 끝!

붙임 딱지 붙여요

전하는 말

2주

나눔을 실천한
기업가 유일한

생각톡톡 유일한은 나눔을 실천한 기업가예요. 유일한은 어떤 회사를 설립하여 경영하였는지 **보기** 에서 찾아 쓰세요.

보기 제약 회사   건설 회사   반도체 회사

(   )

관련교과 [국어 6-1] 이야기를 읽고 인물이 추구하는 가치 파악하기
[사회 6-1] 일제 강점기의 시대 상황에 대해 알아보기, 우리 경제의 성장과 과제 알아보기

나눔을 실천한 기업가 유일한

유일한은 1895년 1월 15일 평양에서 태어났어요. 유일한의 아버지 유기연은 서양 문물에* 일찍 눈을 뜬 상인이었지요.

당시 우리나라는 일본의 손아귀에 점점 넘어가고 있었어요. 유기연은 쓰러져 가는 나라를 일으키기 위해서는 무엇보다 훌륭한 인재가 필요하다고 생각했어요.

'일한이를 더 넓은 세상으로 보내 공부시키자.'

1904년 유일한은 아버지의 뜻에 따라 아홉 살의 어린 나이에 먼 미국으로 유학을 떠났어요. 미국에 도착한 유일한은 네브래스카주 커니 마을에서 태프트 자매와 살게 되었지요. 태프트 자매는 매우 부지런하고 검소한 사람들이었어요. 그리고 어린 유일한을 가족처럼 잘 보살펴 주었지요. 하지만 어린 소년이 가족도 없는 낯선 외국에서 지내기란 쉽지 않았어요. 미국 아이들은 유일한이 동양인이고 영어를 잘 못한다며 놀려 대기 일쑤였지요.

'다시 집으로 돌아갔으면…….'

유일한은 가족이 그리워 우는 날도 많았어요. 하지만 시간이 지날수록 조금씩 새로운 생활에 적응해 갔어요.*

＊ **문물**: 정치, 경제, 종교, 예술, 법률 따위의 문화에 관한 모든 것을 통틀어 이르는 말.
＊ **적응**: 생물의 생김새나 기능이 주위의 사정에 알맞게 되는 것.

언어 1. 다음 중 유일한에 대한 설명으로 알맞지 <u>않은</u> 것은 무엇인가요? (   )

① 유일한의 아버지는 상인이었다.

② 유일한은 아홉 살 때 미국으로 유학을 떠났다.

③ 태프트 자매는 부지런하고 검소한 사람들이었다.

④ 미국에서 유일한을 보살펴 준 사람은 태프트 자매였다

⑤ 유일한은 가족들과 함께 네브래스카주 커니 마을에서 살았다.

사회 탐구 2. 유일한이 유학을 간 미국은 아메리카 대륙에 있습니다. 다음 중 아메리카 대륙에 대한 설명으로 알맞지 <u>않은</u> 것은 무엇인가요? (   )

① 아메리카는 크게 북아메리카와 남아메리카로 나뉜다.

② 북아메리카에는 캐나다와 미국, 멕시코 등의 나라가 있다.

③ 북아메리카에는 '지구의 허파'로 불리는 아마존 숲이 있다.

④ 남아메리카에는 브라질, 칠레, 아르헨티나 등의 나라가 있다.

⑤ 북아메리카의 위쪽에는 얼음으로 뒤덮인 알래스카와 그린란드가 있다.

논술 3. 미국 아이들은 유일한이 동양인이고 영어를 잘 못한다며 놀려 댔습니다. 여러분은 이런 행동에 대해 어떻게 생각하는지 써 보세요.

고등학교에 진학한 유일한은 친구들을 많이 사귀었어요. 그리고 친구들 사이에서 제법 유명해졌어요. 미식축구* 선수로 활동하며 경기마다 큰 활약을 펼쳤거든요. 또한 뛰어난 미식축구 실력을 인정받아 장학금도 받았지요.

하지만 고등학교를 졸업할 무렵, 한 가지 걱정거리가 생겼어요. 학비를 더 보내 줄 수 없다는 아버지의 편지를 받은 거예요. 아버지는 그사이 집안 형편이 많이 어려워졌으니 유일한이 집으로 돌아와 식구들을 위해 일하면 좋겠다고 전했어요.

'이대로 공부를 포기하고 집으로 돌아가는 게 과연 잘하는 일일까?'

유일한은 고민 끝에 학교 선생님을 찾아갔어요. 그리고 선생님의 도움을 받아 은행에서 돈을 빌렸지요. 일단 고국에 있는 식구들에게 돈을 보내고, 미국에서 대학까지 마칠 생각을 했어요.

고등학교를 졸업한 유일한은 대학에 들어가는 꿈을 잠시 미루고 빌린 돈을 갚기 위해 에디슨 변전소*에 취직했어요. 유일한은 1년 동안 열심히 일해서 은행에서 빌린 돈을 다 갚았어요.

※ **미식축구**: 미국에서 발달한, 럭비와 축구를 혼합한 경기.
※ **변전소**: 발전소에서 보내오는 높은 전압을 낮은 전압으로 바꾸어서 내보내는 시설.

1. 이 글의 내용으로 알맞지 <u>않은</u> 것은 무엇인가요? (   )

① 유일한은 고등학교 때 미식축구 선수로 활동했다.

② 유일한은 고등학교를 졸업한 뒤 바로 대학에 입학했다.

③ 유일한은 은행에서 돈을 빌려 형편이 어려워진 집에 보냈다.

④ 유일한은 뛰어난 미식축구 실력을 인정받아 장학금을 받았다.

⑤ 유일한은 은행에서 빌린 돈을 갚기 위해 에디슨 변전소에 취직했다.

2. 유일한은 은행에서 돈을 빌렸습니다. 다음 중 은행이 하는 일이 <u>아닌</u> 것은 어느 것인가요? (   )

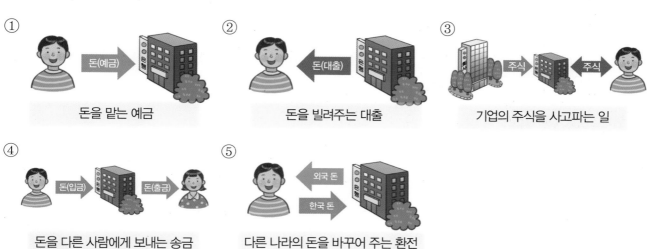

① 돈을 맡는 예금

② 돈을 빌려주는 대출

③ 기업의 주식을 사고파는 일

④ 돈을 다른 사람에게 보내는 송금

⑤ 다른 나라의 돈을 바꾸어 주는 환전

3. 유일한은 집안 형편이 많이 어려워졌다는 아버지의 편지를 받고도 집으로 돌아가지 않았습니다. 여러분이 유일한의 입장이었다면 어떻게 하였을지 써 보세요.

1916년 유일한은 미시간 대학교에 입학했어요. 계속 학비를 벌어야 했던 유일한은 궁리 끝에 장사를 하기로 결심했지요. 당시 미국에는 중국인이 많이 살고 있었어요. 유일한은 중국인들에게 무엇을 팔면 좋을지 곰곰이 생각해 보았어요.

'중국인들도 나처럼 고향 생각을 많이 하겠지? 그래! 중국인들에게 고향에 대한 그리움을 달랠 수 있는 물건을 팔아 보자.'

유일한은 부채와 손수건, 비단, 양탄자 같은 중국 물건을 구입했어요. 그러고는 일일이 중국인들이 많이 사는 곳을 찾아다녔지요.

"아니, 이게 어디서 났소?"

중국인들은 유일한이 내놓는 물건에 큰 관심을 보였어요. 물건을 사겠다는 사람들이 많았지요. 그 덕분에 유일한은 학비 걱정을 한시름 덜 수 있었어요.

무사히 대학교를 졸업한 유일한은 제너럴 일렉트릭이라는 회사에 들어갔어요. 하지만 들어간 지 몇 년 지나지 않아 스스로 회사를 그만두었어요. 다시 사업을 하고 싶은 마음을 떨쳐 버릴 수 없었거든요.

'어떤 사업을 하는 게 좋을까?'

유일한은 깊은 생각에 잠겼지요.

1. 대학교에 입학한 유일한이 장사를 하기로 결심한 까닭은 무엇인가요? (   )

① 학비를 벌기 위해서   ② 물건을 파는 것이 좋아서
③ 고향에 다녀올 수 있어서   ④ 다양한 경험을 하기 위해서
⑤ 중국 사람들을 돕기 위해서

2주 1일
학습 끝!

붙임 딱지 붙여요

2. 나라와 나라 사이에 서로 물건을 사고파는 것을 '무역'이라고 합니다. 무역에 대한 설명으로 알맞지 <u>않은</u> 것은 무엇인가요? (   )

① 나라마다 잘 만드는 것을 만들어 파는 것이다.
② 우리나라는 1900년 이후부터 무역을 시작했다.
③ 우리나라에서 잘 만드는 것을 수출해 돈을 벌 수 있다.
④ 무역을 하면 우리나라에서 나지 않는 것을 들여올 수 있다.
⑤ 무역에는 기술이나 서비스처럼 눈에 보이지 않는 것을 주고받는 것도 포함된다.

3. 유일한은 사람들에게 필요한 것을 파악하고 장사를 해서 성공하였습니다. 여러분이 어른이 되었을 때 어떤 물건을 팔면 성공할 수 있을지를 생각해 보고, 그 까닭과 함께 써 보세요.

사람들이 어떤 물건을 사고 싶어 할까?

'그래, 중국 사람들에게 숙주나물을 팔자! 신선함을 유지할 수 있게 투명한 유리병에 담아서 파는 거야.'

유일한은 숙주나물 장사를 시작했어요. 숙주나물은 중국 사람들이 즐겨 먹는 만두에 꼭 필요한 재료였어요. 처음에는 여기저기에서 주문이 밀려들었어요. 하지만 사람들의 반응은 곧 시들해졌어요. 유리병이 잘 깨지는 데다 안에 담긴 숙주나물이 금세 상해 버렸기 때문이에요.

'이대로는 안 되겠어. 숙주나물을 보관할 새로운 방법이 필요해.'

유일한은 통조림을 생각했어요. 당시 미국에서는 통조림으로 된 상품이 꽤 있었거든요. 유일한은 오랜 연구 끝에 숙주나물 통조림을 개발했어요. 고온에서 짧은 시간 동안 볶은 숙주나물을 밀폐된 깡통에 넣어 두면 오랫동안 신선하게 보관할 수 있었지요.

숙주나물 통조림을 만드는 데 성공한 유일한은 대학 시절 친구인 스미스와 '라초이'라는 식품 회사를 만들었어요. 라초이에서 나온 숙주나물 통조림은 미국 곳곳으로 날개 돋친 듯이 팔려 나갔지요. 나중에는 숙주나물의 원료인 녹두가 부족할 정도였어요.

'중국에 가서 녹두를 더 사 와야겠군. 돌아오는 길에는 부모님도 찾아뵙고 말이야.'

유일한은 오랜만에 가족들을 만나러 가기로 마음먹었어요.

* **숙주나물**: 녹두를 물에 불리어 싹이 나게 한 것을 양념하여 볶은 나물.

1. 유일한이 시작한 숙주나물 장사에 대한 설명으로 알맞지 않은 것은 무엇인가요?

( )

① 처음에는 여기저기에서 주문이 밀려들었다.

② 대학 시절 친구와 '라초이'라는 식품 회사를 차렸다.

③ 처음에는 숙주나물을 투명한 유리병에 담아서 팔았다.

④ '라초이'에서 나온 숙주나물 통조림은 반응이 좋지 않았다.

⑤ 유리병이 잘 깨지고 숙주나물이 금세 상해 버려 사람들의 반응이 시들해졌다.

 2. 다음 중 통조림에 대한 설명으로 알맞지 않은 것은 무엇인가요? ( )

① 가공식품에 해당한다.

② 유일한이 최초로 만들었다.

③ 처음에 전쟁터에서 신선한 음식을 먹기 위해 만들어졌다.

④ 고기, 과실, 생선, 채소 등 내용물에 따라 종류가 다양하다.

⑤ 가열한 식품을 금속 깡통에 넣고 밀봉해 오랫동안 보관할 수 있게 한 것이다.

▲ 통조림

3. 유일한은 여러 가지 어려움이 있었지만 중간에 포기하지 않고 숙주나물 통조림을 개발하였습니다. 여러분이 포기하지 않고 끝까지 도전했던 경험을 써 보세요.

"아니, 이게 누구냐?"

어머니는 유일한을 보자마자 반가움에 눈물을 쏟았어요. 유일한이 고국을 떠난 지 21년 만에 돌아왔으니 그럴 만도 했지요. 오랜만에 뵙는 부모님의 얼굴에는 어느새 주름이 가득했어요.

"미국에서 숙주나물을 판다고? 미국에서 계속 지낼 생각이냐? 그만큼 배웠으면 이제 너도 나라를 위해 큰일을 해야 할 것 아니냐?"

그날 저녁, 아버지는 유일한을 보며 마음에 있던 말을 꺼냈어요.

당시 우리나라는 일본에게 나라를 빼앗긴 상태였어요. 일본의 혹독한 지배 아래 우리나라 사람들은 하루하루 힘겹게 살아가고 있었지요. 먹을 것이 없어 늘 굶주렸고 병에 걸려도 약을 구하지 못해 죽어 갔어요. 유일한도 고국에 들른 동안 사람들의 비참한 현실을 직접 보고 가슴이 매우 아팠어요.

얼마 뒤 다시 미국으로 건너간 유일한은 굳은 결심을 했어요.

'고국으로 돌아가자. 가서 고통받는 우리나라 사람들을 위해 일하는 거야.'

유일한은 약혼녀인 호미리에게 자신의 결심을 말했어요. 중국인이었던 호미리는 많은 고민을 했지요. 하지만 결국 유일한의 뜻에 따라 주었어요. 유일한은 미국에서 결혼식을 올리고 나서 고국으로 돌아가기로 했어요.

1. 다음 중 이 글의 내용에 맞으면 ○표를, 틀리면 ✕표를 하세요.

(1) 유일한은 21년 만에 고국에 돌아와 부모님을 만났다. (   )
(2) 아버지는 유일한에게 미국에서 계속 사업을 하라고 권했다. (   )
(3) 유일한은 고국에 들른 동안 우리나라 사람들의 비참한 현실을 보았다. (   )
(4) 유일한은 고국으로 돌아가 우리나라 사람들을 위해 일하기로 결심했다. (   )

2. 유일한이 고국으로 돌아왔을 당시 우리나라는 일제 강점기였습니다. 다음 중 일제 강점기에 있었던 일이 <u>아닌</u> 것은 어느 것인가요? (   )

①  일본은 토지 조사 사업을 벌여 우리 민족의 토지를 강제로 빼앗아 갔다.

②  일본은 한글 보급 운동을 펼치고 일본인에게도 한글을 쓸 것을 권장했다.

③  우리나라의 주권을 되찾기 위해 나라 곳곳에서 의병 운동이 크게 일어났다.

④  일본은 우리나라 사람들의 성씨와 이름을 일본식으로 강제로 바꾸게 했다.

3. 어려움에 처한 고국으로 돌아가 고통받는 우리나라 사람들을 위해 일하겠다는 유일한의 결심에 대해 어떻게 생각하는지 써 보세요.

　1926년 미국 생활을 정리하고 우리나라로 돌아온 유일한은 제약 회사를 설립했어요. 질병으로 시달리는 우리나라 사람들을 위해 의약품 사업을 하기로 결심한 것이지요. 회사 이름은 '유한양행'으로 정했어요.

　유일한은 기생충 약, 피부병 약, 결핵 약처럼 당시 우리나라 사람들에게 꼭 필요한 약을 들여와 팔았어요. 신문에 광고도 냈지요.

　하지만 유한양행의 광고는 다른 제약 회사들과는 달랐어요. 당시 다른 회사들은 약을 많이 팔기 위해 과대광고를 일삼았어요. 먹기만 하면 모든 병이 낫는 '만병통치약'이라고 광고했지요.

　'약을 팔려고 사람들을 속이다니! 그런 짓은 옳지 못해!'

　유일한은 사람들의 건강을 소중하게 생각했어요. 이익을 보려고 약의 효과를 부풀리는 일은 하지 않았지요. 오히려 광고에 '약은 사람마다 효과가 다르니, 꼭 의사나 약사에게 물어보고 처방받으라'는 말을 써넣었어요.

　그 때문에 사람들은 유한양행의 약이라면 믿고 구입했어요. 많은 사람이 유일한의 정직함을 인정해 준 셈이었지요.

※ **과대광고**: 상품의 내용을 실제보다 과장하여 광고하는 일.
※ **만병통치약**: 약효가 뛰어나 온갖 병을 고치는 데 쓰는 약이나 처방.

1. 유일한이 고국으로 돌아와 회사를 세우고 한 일을 모두 고르세요. (   )

① 약을 팔기 위해 약효를 부풀렸다.

② 회사 이름을 '유한양행'으로 정했다.

③ 다른 제약 회사들처럼 과대광고를 했다.

④ 우리나라 사람들에게 꼭 필요한 약을 들여와 팔았다.

⑤ 의사나 약사에게 물어보고 약을 처방받으라는 광고를 했다.

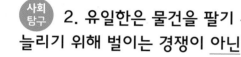 2. 유일한은 물건을 팔기 위해 신문에 광고를 냈습니다. 광고와 같이 기업들이 판매를 늘리기 위해 벌이는 경쟁이 <u>아닌</u> 것은 어느 것인가요? (   )

2주 2일 학습 끝! 붙임 딱지 붙여요

① 품질 경쟁   ② 가격 경쟁

③ 소비 경쟁   ④ 디자인 경쟁

⑤ 서비스 경쟁

3. 유일한은 과대광고를 하는 것은 옳지 않다고 생각했습니다. 과대광고에 대해 여러분이 생각하는 바를 근거를 들어 써 보세요.

어느 날 한 직원이 유일한을 찾아왔어요.

"저, 사장님. 약을 만들 때 아편을 넣으면 어떨까요?"

"아편?"

"예. 아편을 섞으면 우리 약이 훨씬 많이 팔릴 것입니다."

유일한은 직원의 말에 크게 놀랐어요. 아편은 마약의 일종으로 한번 중독되면 끊기가 어려웠거든요.

"지금 중국에는 아편에 중독된 사람들이 엄청나게 많답니다. 아편이 없으면 살지 못할 지경이라고 하더군요. 그러니…….."

유일한은 직원의 말에 화를 버럭 냈어요.

"그걸 말이라고 하나? 한마디로 사람들을 아편 중독자로 만들자는 것 아닌가!"

직원은 유일한의 호통에 어쩔 줄 몰라 했어요.

"우리 회사가 고작 그런 곳이었나? 그런 생각으로 일할 거면 당장 나가게! 자네 같은 사람은 우리 회사에 필요 없어!"

유일한은 그릇된 방법으로 돈을 벌어서는 안 된다고 생각했어요. 직원에게 화를 낸 것도 그 때문이었지요. 결국 직원은 고개를 숙이고 유일한에게 용서를 구했답니다.

* **아편**: 덜 익은 양귀비 열매의 진액을 굳혀 말린 물질.

언어 1. 직원은 유일한에게 약을 많이 팔기 위해 무엇을 하자고 했나요? (   )

① 과대광고를 하자고 했다.

② 약에 아편을 넣어 팔자고 했다.

③ 생산 공장을 더 늘리자고 했다.

④ 약의 판매 가격을 내리자고 했다.

⑤ 외국에서 연구원을 데려오자고 했다.

사회탐구 2. 다음은 19세기 중반 영국과 중국이 벌인 전쟁에 대한 설명입니다. 밑줄 그은 '이 전쟁'의 이름은 무엇인가요? (   )

영국은 중국(청나라)과 무역을 했다. 그런데 영국은 은을 주고 엄청난 양의 중국산 차를 사들인 반면, 영국이 수출하는 면직물 등은 중국에서 잘 팔리지 않았다. 무역에서 막대한 손해를 본 영국은 생각 끝에 중국에 아편을 몰래 팔았다. 그 결과 중국은 아편에 중독된 사람들로 넘쳐났고, 많은 은이 아편값으로 흘러나갔다. 결국 중국은 무역 항구가 있는 광저우에 임칙서라는 관리를 파견해 아편을 몰수하기에 이르렀다. 이에 영국이 군함을 이끌고 와 중국을 공격했는데, 이것이 바로 1840년에 중국과 영국 사이에서 벌어진 '이 전쟁'이다.

① 독립 전쟁　　　　② 백년 전쟁　　　　③ 아편 전쟁

④ 남북 전쟁　　　　⑤ 십자군 전쟁

논술 3. 물건을 많이 판매하기 위해 허위 광고나 과대광고를 하는 등 기업이 지나치게 이익을 위하여 행동한다면 여러 가지 사회적 피해가 발생합니다. 기업의 잘못된 행동과 그에 따른 피해 사례를 한 가지만 써 보세요.

1936년 6월 20일, 유일한은 회사 직원들을 한자리에 모았어요. 중대한 발표를 하기 위해 서였지요.

"지금껏 유한양행이 이처럼 크게 성장할 수 있었던 것은 모두 직원 여러분의 덕택입니다. 그러니 이제 유한양행을 주식회사로 바꾸고 여러분에게 주식을 나누어 드리겠습니다. 오늘부터 여러분이 회사의 주인이 되는 것입니다."

"유한양행을 주식회사로 바꾼다고?"

"세상에! 직원인 우리가 회사의 주인이 되다니!"

직원들은 유일한의 말에 깜짝 놀랐어요. 유일한의 말처럼 주식회사에서는 주주, 즉 주식을 가진 사람이 회사의 주인이었어요. 주식을 가진 만큼 회사의 이익을 나누어 가질 수 있었어요.

유일한은 발표한 대로 직원들에게 주식을 나누어 주었어요.

'기업은 나 혼자만의 것이 아니야. 직원들, 나아가 이 사회의 것이지.'

이렇게 유일한은 늘 생각하고 있던 바를 실천으로 옮겼어요. 또한 직원들의 복지에도 신경을 썼어요. 직원들을 위해 기숙사를 짓고, 건강을 지킬 수 있도록 수영장과 운동장 같은 시설도 만들었지요. 이 모두가 당시로서는 아주 드문 일이었어요.

※ **복지**: 행복한 삶.

회사의 주인은 여러분입니다.

1. 유일한이 직원들에게 발표한 내용으로 알맞지 <u>않은</u> 것은 무엇인가요? (   )

① 유한양행을 사회에 내놓겠다.
② 유한양행의 주인은 직원들이다.
③ 유한양행을 주식회사로 바꾸겠다.
④ 직원들에게 회사 주식을 나누어 주겠다.
⑤ 유한양행이 성장할 수 있었던 것은 직원들 덕택이다.

 2. 유일한은 유한양행을 주식회사로 바꾸었습니다. 다음 중 주식과 주식회사에 대해 <u>잘못</u> 말한 사람은 누구인가요? (   )

① 주식회사의 주인은 주식을 가진 주주들이야.

② 주식을 가진 만큼 회사의 이익을 나누어 가질 수 있어.

③ 주식은 주주들에게 언제나 무료로 나누어 주는 거야.

④ 주식을 발행한 회사를 주식회사라고 해.

 3. 유일한은 직원들에게 주식을 나누어 주고, 복지에도 신경을 썼습니다. 이렇게 했을 경우 회사에 어떤 점이 도움이 될지 여러분의 생각을 써 보세요.

유한양행이 아무 걱정 없이 잘되기만 한 것은 아니었어요. 한번은 유일한이 미국에 가 있는 동안 일본 사람들이 꼬투리를 잡으려고 세무 조사를 벌였어요. 그러나 그동안 정직하게 세금을 낸 유한양행에서는 아무런 잘못도 찾을 수 없었지요.

1945년 8월 15일, 마침내 우리나라는 광복을 맞이했어요. 일본에서 해방되었다는 사실에 사람들은 기쁨의 눈물을 흘리며 만세를 불렀지요. 하지만 유일한은 광복 이후에 생각지 못한 시련을 겪어야 했어요. 대통령이 정치를 하는 데 필요한 돈을 몰래 대 달라고 유일한에게 요구했기 때문이에요.

'돈을 몰래 대 달라고? 그렇게 몰래 들어간 돈이 과연 나라를 위해 올바로 쓰일 수 있겠어? 그건 옳은 방법이 아니야. 그런 일은 절대로 할 수 없어.'

유일한은 대통령의 요구를 단칼에 거절했어요.

유일한의 태도에 화가 난 정부에서는 유한양행에 다시 세무 조사를 실시했어요. 조사할 것이 많다며 일하는 것을 방해하고, 직원들을 잡아가기도 했지요. 하지만 유일한은 끝까지 정치 자금을 내놓지 않았어요. 만약 돈을 준다면 정부의 도움을 받아 이익을 얻을 수도 있겠지만, 그건 정직한 방법으로 돈을 버는 게 아니었기 때문이지요.

※ **세무 조사**: 세금을 얼마나 매길지, 세금을 정직하게 냈는지 등을 조사하는 것.
※ **정치 자금**: 정치 활동을 하는 데 필요한 자금.

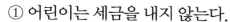 1. 일본 사람들이 꼬투리를 잡기 위해 유한양행에 어떤 조사를 벌였나요? ( )

① 가계 조사   ② 국토 조사   ③ 시장 조사
④ 세무 조사   ⑤ 여론 조사

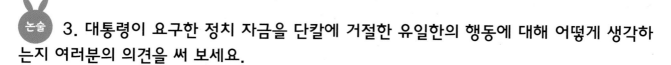 2. 유한양행은 정직하게 세금을 냈다고 하였습니다. 다음 중 세금에 대한 설명으로 알
맞지 <u>않은</u> 것은 무엇인가요? ( )

① 어린이는 세금을 내지 않는다.
② 우리나라 국민은 누구나 세금을 낸다.
③ 세금은 소득세, 재산세 등 종류가 다양하다.
④ 정부는 세금을 국민의 복지를 위해 사용한다.
⑤ 세금은 정부가 나라 살림에 쓰기 위해 국민에게서 거두어들이는 돈이다.

2주 3일
학습 끝!

붙임 딱지 붙여요

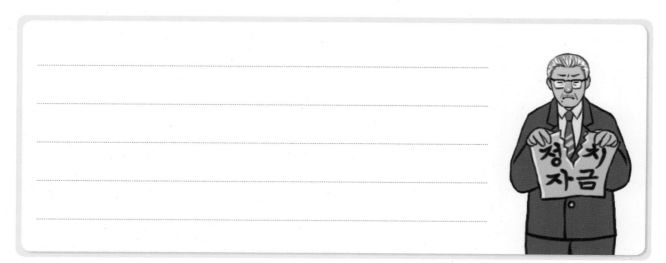 3. 대통령이 요구한 정치 자금을 단칼에 거절한 유일한의 행동에 대해 어떻게 생각하
는지 여러분의 의견을 써 보세요.

유일한에게는 오래전부터 한 가지 꼭 하려고 마음먹은 일이 있었어요. 바로 교육 사업이었어요.

'이 나라의 미래는 젊은이들에게 달려 있다. 젊은이들이 공부를 하고 기술을 익힐 수 있는 학교를 만들자.'

유일한은 고려 공과 기술 학원을 세웠어요. 그러고는 가난한 학생들을 모아 기술 교육을 시켰지요. 학비와 잠자리뿐 아니라 식사도 무료로 제공했어요.

유일한은 교육 사업에 필요한 돈이라면 언제든지 주저하지 않고 아낌없이 내놓았어요. 1963년에는 유일한이 소유하고 있는 주식을 연세 대학교와 보건 장학회에 선뜻 내놓았지요.

유일한의 교육 사업은 이후에도 계속되었어요. 그리고 마침내 학생들이 대학 진학을 할 수 있는 정규 고등학교인 유한 공업 고등학교를 설립했지요. 처음에 입학한 학생들은 모두 장학금을 받았어요. 유일한이 학생들에게 학비 걱정 없이 마음껏 공부할 수 있도록 장학금을 준 것이지요.

학비 걱정을 덜게 된 학생들의 눈은 초롱초롱 빛났어요. 학생들은 열심히 공부했고, 유일한은 그런 학생들을 보며 큰 보람을 느꼈어요.

＊ 정규: 정상으로 된 규정이나 규범.

언어 **1. 유일한이 오래전부터 꼭 하려고 마음먹은 일은 무엇인가요? (　　　　)**

①
학교나 병원 등을
짓는 건설업

②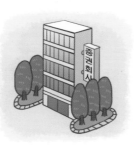
주식을 사고파는
금융업

③
젊은이들을 위한
교육 사업

④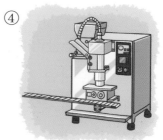
기계를 사용해 물건을
만드는 기계 공업

사회 탐구 **2. 유일한은 학생들을 모아 기술 교육을 시켰습니다. 다음 중 기술이 생활에 미치는 영향에 대한 설명으로 알맞지 않은 것은 무엇인가요? (　　　　)**

① 산업 기술의 발달은 환경 오염과는 전혀 상관이 없다.
② 산업 기술의 발달은 우리의 생활을 편리하게 해 준다.
③ 통신 기술이 발달하면 필요한 정보를 쉽게 나눌 수 있다.
④ 발달하는 통신 기술에 적응하지 못해 불편을 겪는 사람도 있다.
⑤ 산업 기술이 발달하면 질 좋은 물건을 더욱 빠르게 만들 수 있다.

논술 **3. 유일한은 나라의 미래가 젊은이들에게 달려 있다고 믿으며 학교를 설립했습니다. 여러분이 만약 기업가라면 다른 사람들을 위해 무슨 사업을 해 보고 싶은지 써 보세요.**

세월이 흐르면서 유일한은 누가 자신의 뒤를 이어 유한양행을 이끌어 가는 것이 좋을지 생각했어요. 주변 사람들은 유일한의 아들 유일선을 추천했지요. 어느 날 유일한은 부사장인 유일선을 불러 물었어요.

"일선아, 나는 여태껏 국가와 교육, 기업, 가정의 순으로 가치를 두고 살아왔다. 너는 어떻게 생각하느냐?"

"저는 아버지의 생각과 반대입니다. 어떻게 가정이나 기업보다 국가가 먼저일 수 있겠습니까?"

유일한은 자신의 뜻과 다른 아들에게 회사를 맡길 수 없다고 판단했어요. 아버지의 뜻을 알게 된 유일선은 부사장직에서 물러나 미국으로 갔어요.

얼마 뒤 유일한은 직원들을 모아 놓고 자신의 결정을 발표했어요.

"유한양행의 *경영권을 조권순 *전무에게 넘기겠습니다."

사람들은 유일한의 말에 깜짝 놀랐어요. 가족이 아닌 사람에게 회사를 맡기는 일은 상상할 수 없었거든요. 하지만 유일한의 생각은 달랐어요.

"유한양행은 개인의 것이 아니라 이 사회의 것입니다. 그러니 회사를 가장 잘 이끌어 나갈 수 있는 사람이 경영을 맡아야 합니다."

유일한의 결정에 그 자리에 있던 사람들은 큰 감동을 받았답니다.

* **경영권**: 기업가가 자신의 기업체를 관리 · 경영하는 권리.
* **전무**: 사장을 보좌하면서 회사의 일을 총괄하는 이사.

1. 이 글의 내용으로 알맞지 <u>않은</u> 것은 무엇인가요? (   )

① 유한양행의 경영권을 조권순 전무에게 넘겼다.

② 유일한은 국가보다 가정에 더 가치를 두고 살았다.

③ 유일한은 직원들을 모아 놓고 경영권에 대한 발표를 했다.

④ 유일한은 자신과 뜻이 다른 아들에게 회사를 맡길 수 없다고 판단했다.

⑤ 유일한은 회사를 가장 잘 이끌어 나갈 수 있는 사람이 경영을 맡아야 한다고 했다.

 2. 유한양행은 기업입니다. 다음 중 기업에 대한 설명으로 맞으면 ○표를, 틀리면 ✕ 표를 하세요.

(1)

기업의 목적은 이윤을 남기는 것이다.
(   )

(2)

기업은 이윤으로 직원에게 임금을 준다.
(   )

(3)

물건을 만드는 공장은 기업에 속한다.
(   )

(4)

물건을 파는 백화점은 기업에 속하지 않는다.
(   )

 3. 유일한은 국가와 교육, 기업, 가정의 순으로 가치를 두고 살아왔습니다. 여러분이 만약 기업가라면 무엇을 가장 중요하게 생각할지 그 까닭과 함께 써 보세요.

회사를 물러난 뒤 유일한의 건강은 나날이 나빠졌어요.

1971년 3월 11일, 유일한은 가족의 곁에서 조용히 눈을 감았어요. 유일한이 남긴 유품이라고는 구두 두 켤레와 양복 세 벌, 물건 몇 가지가 전부였어요. 그런데 유품보다 사람들을 더 놀라게 한 것이 있었어요. 다름 아닌 유일한의 유언장이었지요.

> 첫째, 손녀 일링에게 대학을 졸업할 때까지 학비로 10,000달러를 준다.
> 둘째, 딸 재라에게는 유한 공업 고등학교 안에 있는 묘소 주변 땅 5000평을
> 물려주니 그 땅을 유한동산으로 꾸며 주기 바란다.
> 셋째, 내가 가진 주식은 전부 한국 사회 및 교육 신탁*기금에 기증한다.
> 넷째, 아내 호미리의*노후는 딸 재라가 잘 돌보아 주길 바란다.
> 다섯째, 아들 유일선은 대학까지 공부시켰으니 자립해서 살아가라.

사람들은 자신의 마지막 재산까지도 아낌없이 사회에 내놓은 유일한에게 커다란 감동을 받았어요. 그리고 지금까지도 유일한은 많은 사람들의 머릿속에 기억되고 있어요. '진정한 나눔을 실천한 기업가'로 말이에요.

* **기금**: 어떤 목적으로 마련한 돈.
* **노후**: 늙어진 뒤.

언어 1. 다음 보기 의 내용으로 미루어 알 수 있는 유일한의 성품은 어떠한가요? (   )

보기 유일한이 남긴 유품이라고는 구두 두 켤레와 양복 세 벌, 물건 몇 가지가 전부였어요.

① 정직함   ② 침착함   ③ 신중함   ④ 친절함   ⑤ 검소함

사회 탐구 2. 유일한은 자신이 가진 주식을 한국 사회 및 교육 신탁 기금에 기증한다고 했습니다. 그렇다면 1997년 우리나라의 경제가 큰 어려움을 겪었을 때 도움을 받은 다음의 기금은 무엇인가요? (   )

세계 무역 안정을 목적으로 설립된 국제 금융 기구이다. 회원국이 도움을 요청할 때는 기술을 제공하거나 돈을 빌려주기도 한다. 본부는 미국 워싱턴 D.C.에 있다.

2주 4일 학습 끝!

붙임 딱지 붙여요.

① 파업 기금   ② 남북 협력 기금   ③ 구조 조정 기금
④ 국제 통화 기금(IMF)   ⑤ 국제 연합 아동 기금

논술 3. 여러분은 유일한의 유언장을 보고 어떤 생각을 했는지 자유롭게 써 보세요.

67

1 '나눔을 실천한 기업가 유일한'을 읽고, 유일한이 겪은 문제와 그 문제를 해결한 방법으로 알맞은 것끼리 줄로 이으세요.

(1) 귀국해서 식구들을 위해 일하면 좋겠다는 아버지의 편지를 받았다. •

(2) 미시간 대학교에 입학했지만 형편이 어려워 계속 학비를 벌어야 했다. •

(3) 숙주나물 장사를 시작했는데 오래지 않아 사람들의 반응이 시들해졌다. •

• ㉠ 오랜 연구 끝에 숙주나물 통조림을 개발했다.

• ㉡ 은행에서 돈을 빌려 집에 보내고, 회사에 취직해 빌린 돈을 갚았다.

• ㉢ 부채와 손수건, 비단, 양탄자 같은 물건을 중국인들에게 팔았다.

2 다음 유일한이 한 일을 시간의 흐름에 맞게 순서대로 번호를 쓰세요.

① 제약 회사인 유한양행을 설립했다.

② 숙주나물 통조림을 파는 '라초이' 식품 회사를 설립했다.

③ 유한 공업 고등학교를 설립하는 등의 교육 사업을 펼쳤다.

④ 중국인들에게 부채와 손수건, 비단, 양탄자 같은 물건을 팔았다.

( ) → ( ) → ( ) → ( )

3 유일한이 한 일로 맞으면 ○표를, 틀리면 ✕표를 하세요.

(1) 중국인인 호미리와 결혼했다. (　　　　)

(2) 유한양행을 개인 회사로 바꾸었다. (　　　　)

(3) 아홉 살의 어린 나이에 미국으로 유학을 떠났다. (　　　　)

(4) 고려 공과 기술 학원과 유한 공업 고등학교를 설립했다. (　　　　)

(5) 유한양행의 경영권을 아들인 유일선에게 넘겨주었다. (　　　　)

(6) 유언장을 통해 자신이 가진 주식을 아내에게 다 주었다. (　　　　)

(7) 고등학교 때 미식축구 선수로 활동하며 장학금을 받았다. (　　　　)

(8) 대학 시절 친구인 스미스와 '라초이'라는 식품 회사를 설립했다. (　　　　)

4 다음 문장의 밑줄 그은 부분과 비슷한 뜻을 가진 낱말을 보기 에서 찾아 쓰세요.

보기	생각 끝에	겨우	불티나게	참담한

(1) 우리 회사가 고작 그런 곳이었나? → (　　　　　　　)

(2) 숙주나물 통조림은 미국 곳곳으로 날개 돋친 듯이 팔려 나갔지요. → (　　　　　　　)

(3) 유일한도 사람들의 비참한 현실을 직접 보고 가슴이 매우 아팠어요. → (　　　　　　　)

(4) 학비를 벌어야 했던 유일한은 궁리 끝에 장사를 하기로 결심했지요. → (　　　　　　　)

5 기업의 목적은 이익을 내는 것이지만, 유일한은 이익을 위해 과대광고를 하거나 몸에 해로운 약을 만들지는 않았습니다. 기업이 그릇된 일을 하지 않고 정직하게 운영해야 하는 까닭을 써 보세요.

인간 존중

69

경제 주체와 돌고 도는 경제

'경제 주체'란 경제 활동을 하는 단위예요. 가계(가정)와 기업(회사), 정부(국가)가 바로 경제 주체이지요. 이 세 가지 경제 주체는 서로 영향을 주고받으며 나라의 경제를 움직여요. 그럼 각각의 경제 주체에 대해 알아볼까요?

가계(가정)

가계는 주로 소비 활동을 하는 경제 주체예요. 기업에 토지, 노동, 자본 등을 제공하고 그 대가로 임금이나 이자 같은 소득을 받아요. 가계는 이렇게 얻은 소득으로 기업에서 만든 제품이나 서비스를 사요. 또 정부에 세금을 내거나 은행에 저축을 하지요.

기업(회사)

기업은 주로 생산 활동을 하는 경제 주체예요. 토지, 노동, 자본 등을 이용해서 제품과 서비스를 만들어 내고 그것을 판매해서 돈을 벌어요. 그 돈으로 가계에 임금을 지급하고 정부에 세금도 내지요. 기업들은 보다 많은 이윤을 얻기 위해 서로 경쟁을 해요. 그래서 기술을 개발하고 새로운 제품을 만드는 등 여러 가지 노력을 기울이지요.

정부 (국가)

정부는 공공의 이익을 위해 생산과 소비 활동을 하는 경제 주체예요. 가계와 기업으로부터 세금을 받아 어려운 기업을 도와주거나 가계에 복지 혜택을 주기도 하지요. 또 도로나 항구, 다리 같은 시설을 만들거나, 경찰을 채용해 범죄를 막는 등 다양한 공공 서비스를 제공해요. 정부는 법과 규칙을 만들어 가계와 기업의 경제 활동을 조정하는 역할도 해요.

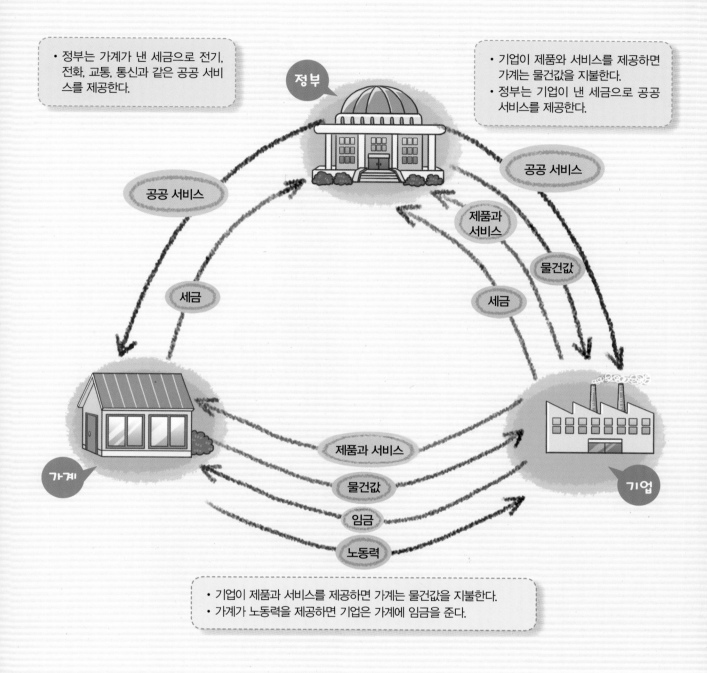

정부는 가계가 낸 세금으로 전기, 전화, 교통, 통신과 같은 공공 서비스를 제공한다.

정부

공공 서비스

세금

• 기업이 제품과 서비스를 제공하면 가계는 물건값을 지불한다.
• 정부는 기업이 낸 세금으로 공공 서비스를 제공한다.

공공 서비스

제품과 서비스

물건값

세금

가계

기업

제품과 서비스

물건값

임금

노동력

• 기업이 제품과 서비스를 제공하면 가계는 물건값을 지불한다.
• 가계가 노동력을 제공하면 기업은 가계에 임금을 준다.

✏️ 다음 ㉠, ㉡에 들어갈 알맞은 말을 쓰세요.

• 가계가 노동력을 제공하면 기업은 가계에 (㉠)을 준다.
• (㉡)는 가계에서 낸 세금을 받아, 국민에게 필요한 시설을 만들거나 공공 서비스를 제공한다.

㉠ (   ) ㉡ (   )

나는 어떤 기업을 세울까?

유일한이 미국에서 돌아와 기업을 세운 까닭은 일본이 우리나라를 강제로 점령한 상황에서 고통 받는 국민들을 위해 일하겠다는 마음에서였습니다. 그래서 질병에 시달리는 사람들을 위해 제약 회사를 세운 것입니다. 만약 여러분이 일제 강점기에 태어났다면 어떤 기업을 세워 일하고 싶은 지 써 보세요.

일제 강점기는
1910년의 국권 강탈 이후
1945년 해방되기까지
35년간의 시대를 말합니다.
당시 시대 상황을 떠올려 보고
나라와 국민에게 무엇이 절실하게
필요한지 생각해 보세요.

확인할 내용	잘함	보통임	부족함
1. 이번 주 학습을 5일(월요일~금요일) 안에 끝마쳤나요?			
2. 유일한이 어떤 삶을 살았는지 이야기할 수 있나요?			
3. 등장인물의 마음이 되어 상상하기를 잘할 수 있나요?			
4. 경제 주체의 경제 활동을 잘 이해하였나요?			

2주 5일
학습 끝!

붙임 딱지 붙여요

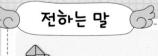 전하는 말

3주

재미있는
확률 이야기

생각톡톡 '어떤 일이 일어날 가능성을 나타낸 수'를 무엇이라고 하는지 보기 에서 찾아 쓰세요.

보기   확률   분수   경우의 수   나눗셈

(   )

관련교과 [수학 5-2] 경우의 수와 확률에 대해 알아보기, 생활 속 재미있는 확률 찾아보기
[과학 5-2] 일기도에 쓰이는 여러 가지 기호 이해하기, 날씨 예보의 과정 알아보기

확률이 도대체 뭐지?

"내일 비가 올 확률은 얼마나 될까?"

"아빠가 산 복권이 1등에 당첨될 확률은?"

"우리나라가 월드컵에서 16강에 들 확률은 얼마일까?"

이 질문들에 공통으로 등장하는 말이 있어. 바로 '확률'이야. 사람들은 평소에 '확률'이라는 말을 자주 사용해. 확률이 우리의 일상생활과 밀접한 관련이 있기 때문이지.

도대체 확률이 뭐냐고? 확률이란 '어떤 일이 일어날 가능성을 수로 나타낸 것'을 말해. 만약 어떤 일이 절대로 일어나지 않는다면 확률은 0이 되고, 반드시 일어난다면 확률은 1이 되지. 확률을 수식으로 나타내면 다음과 같아.

$$확률 = \frac{어떤 \ 일이 \ 일어날 \ 경우의 \ 수}{모든 \ 경우의 \ 수}$$

비가 올 확률이 높다는 것을 알면 우산을 준비해 비를 피할 수 있고, 복권의 당첨 확률을 알면 당첨만 바라며 빈둥빈둥 놀 마음을 접게 되지. 이 외에도 확률은 축구 경기의 승패나 농구 선수의 자유투 성공률, 선거 결과, 물가의 움직임 등 다양한 일을 예측하는 데 도움을 준단다. 그래서 많은 사람이 확률에 대해 이야기하는 거야.

※ **물가**: 물건의 값.

언어 1. 이 글의 내용으로 알맞지 <u>않은</u> 것은 무엇인가요? (   )

① 확률은 우리의 일상생활과 관련이 없다.

② 사람들은 확률이라는 말을 자주 사용한다.

③ 확률은 다양한 일을 예측하는 데 도움을 준다.

④ 확률로 선거 결과, 물가의 움직임 등을 파악할 수 있다.

⑤ 비가 올 확률이 높으면 우산을 준비해 비를 피할 수 있다.

수리 탐구 2. 다음 중 확률에 대해 <u>잘못</u> 알고 있는 두 친구의 이름을 쓰세요.

(   )

연우 모든 경우의 수야.

진희 어떤 일이 일어날 경우의 수를 말해.

혜민 어떤 일이 반드시 일어난다면 확률은 1이야.

수영 어떤 일이 일어날 가능성을 수로 나타낸 것을 말해.

민정 어떤 일이 절대로 일어나지 않는다면 확률은 0이야.

논술 3. 여러분은 어떤 일이 일어날 확률이 알고 싶은지 그 까닭과 함께 써 보세요.

수학적 확률이 뭐지?

확률에는 수학적 확률과 통계적 확률이 있어. 자, 그럼 먼저 수학적 확률에 대해 알아볼까? 수학적 확률이란 실제 실험이나 관찰을 통하지 않고 이론적인 계산을 통해 나온 확률을 말해. 무슨 말인지 잘 모르겠다고? 그럼 간단한 예를 들어 볼게.

동전 한 개를 던졌을 때 앞면이 나올 확률은 얼마일까? 동전 한 개를 던졌을 때 동전의 앞면이 나오거나 뒷면이 나오니까 나올 수 있는 모든 경우의 수는 2야. 그리고 앞면이 나올 경우의 수는 1이지. 따라서 동전 한 개를 던졌을 때 앞면이 나올 확률은 $\frac{1}{2}$이야. 이렇게 구한 $\frac{1}{2}$을 수학적 확률이라고 한단다.

하지만 언제나 수학적 확률을 이용할 수 있는 건 아니야. 선생님이 영희, 철수와 놀고 있는 민지에게 둘 중 한 친구를 선택해서 함께 심부름을 다녀오라고 한 경우, 민지가 철수를 선택할 확률은 $\frac{1}{2}$일까?

이것은 동전의 경우처럼 그렇게 간단하지 않아. 만약 영희는 민지의 단짝 친구이고, 철수는 민지를 괴롭히는 장난꾸러기라고 해 봐. 그렇다면 실제로 민지가 철수를 선택할 확률은 0에 가까워. 한마디로 민지가 철수를 선택할 가능성과 영희를 선택할 가능성은 같지 않다는 거지. 이렇게 조건에 따라서 일이 일어날 가능성이 달라질 경우에는 수학적 확률로 구할 수 없단다.

1. 이 글에서 다음 ㉠~㉢에 들어갈 알맞은 말을 찾아 써 보세요.

확률에는 (㉠)과 (㉡)이 있다. 이 중 (㉢)이란 실제 실험이나 관찰을 통하지 않고 이론적인 계산을 통해 나온 확률을 말한다.

㉠ ( ) ㉡ ( ) ㉢ ( )

 2. 다음 중 동전 한 개를 던졌을 때 앞면이 나올 확률에 대한 내용으로 알맞지 <u>않은</u> 것을 두 가지 고르세요. ( )

① 수학적 확률로 구할 수 있다.

② 동전을 던졌을 때 앞면이 나올 확률은 $\frac{1}{5}$이다.

③ 동전 한 개를 던졌을 때 앞면이 나올 확률은 1이다.

④ 동전 한 개를 던졌을 때 앞면이 나올 확률은 $\frac{1}{2}$이다.

⑤ 동전 한 개를 던졌을 때 앞면이 나올 확률과 뒷면이 나올 확률은 같다.

3. 수학적 확률로 구할 수 있는 예로 무엇이 있는지 써 보세요.

통계적 확률이 뭐지?

다섯 번 던졌는데 다 앞면이 나왔어.

통계적 확률이란 그동안의 경험과 자료를 통해 구하는 확률을 말해. 이번에도 동전 던지기를 예로 들어 볼까?

동전 한 개를 열 번 던졌는데 앞면이 세 번 나왔다면 이때 앞면이 나올 확률은 $\frac{3}{10}$이야. 만약 동전 한 개를 열 번 던졌는데 앞면이 일곱 번 나왔다면 앞면이 나올 확률은 $\frac{7}{10}$이지. 이렇게 얻어진 $\frac{3}{10}$과 $\frac{7}{10}$은 통계적 확률이야. 너희들도 동전 한 개를 꺼내서 열 번 정도 던져 보렴. 앞면이 몇 번이나 나오는지 말이야.

그런데 동전을 던져 보면 뭔가 이상하다는 생각이 들지 않니? 분명히 동전 한 개를 던졌을 때 앞면이 나올 수학적 확률은 $\frac{1}{2}$이라고 했는데, 실제로 동전을 열 번 던져 보면 앞면과 뒷면이 똑같이 다섯 번씩 나오지는 않잖아? 어느 때에는 앞면이 한 번만 나오고 또 어느 때에는 앞면이 세 번 나오고 말이야. 대체 어떻게 된 것이냐고?

동전을 던지는 횟수가 적으면 통계적 확률과 수학적 확률이 차이가 나지만, 동전을 던지는 횟수가 100번, 1000번 이렇게 많아지면 많아질수록 앞면이 나올 확률은 $\frac{1}{2}$에 가까워져. 다시 말해서, *시행 횟수가 많을수록 통계적 확률은 수학적 확률에 가까워진단다.

※ **시행**: 실제로 행함.

1. 이 글의 내용으로 맞으면 ◯표를, 틀리면 ✕표를 하세요.

(1) 통계적 확률은 그동안의 경험과 자료를 통해 구하는 확률이다. (　　　　)

(2) 동전을 열 번 던져 보면 항상 앞면과 뒷면이 다섯 번씩 나온다. (　　　　)

(3) 시행 횟수가 적을수록 통계적 확률은 수학적 확률에 가까워진다. (　　　　)

(4) 동전을 던지는 횟수가 적으면 통계적 확률과 수학적 확률이 차이가 난다. (　　　　)

2. 다음 보기 의 (　　　) 안에 공통으로 들어갈 알맞은 말은 무엇인가요? (　　　　)

> 보기 · 동전 한 개를 열 번 던졌을 때 앞면이 세 번 나왔다면 앞면이 나올 확률은 $\frac{3}{10}$ 이다.
> · 확률은 (　　　　)(으)로도 나타낼 수 있는데, $\frac{3}{10}$ 을 (　　　　)(으)로 환산하면 30퍼센트
>   이다.

① 도형　　　　　　　② 방정식　　　　　　　③ 백분율

④ 가분수　　　　　　⑤ 모든 경우의 수

3주 1일
학습 끝!

붙임 딱지 붙여요

 3. 여러분은 일상생활에서 어떤 것에 대한 통계적 확률을 구해 보고 싶은지 써 보세요.

81

확률은 지난 일을 기억하지 않아

"아들만 다섯 명 낳았으니까 이번에는 분명히 딸일 거야."

"동전을 열 번 던졌는데 계속 앞면만 나왔거든. 그러니까 이번에는 분명히 뒷면이 나올 거야."

"복권을 샀는데 번번이 당첨되지 않았어. 그러니까 이번에 꼭 당첨될 거야."

이 생각들이 맞는 것일까? 언뜻 보기에는 맞는 것 같지만, 알고 보면 모두가 우리의 착각이란다.

수학적으로 아들을 낳을 확률은 $\frac{1}{2}$이고, 딸을 낳을 확률도 $\frac{1}{2}$이야. 그리고 아무리 아들만 계속 다섯 명을 낳았어도, 다음에 딸을 낳을 확률은 여전히 $\frac{1}{2}$이지.

이처럼 확률에서 새로 일어나는 사건은 이전에 일어난 사건과 전혀 상관이 없어. 확률은 지난 일을 기억하지 않는단다. 따라서 이전에 아들을 많이 낳았다고 해도, 다음에 딸을 낳을 확률이 $\frac{1}{2}$보다 높아지지는 않아.

동전 던지기도 마찬가지야. 동전을 던졌을 때 열 번 계속 앞면만 나왔어도, 그다음에 다시 앞면이 나올 확률은 여전히 $\frac{1}{2}$이지. 앞면만 계속 나왔다고 해서 다음번에 동전의 뒷면이 나올 확률이 $\frac{1}{2}$보다 높아지지는 않는 거야.

이번에는 분명히 딸일 거야.

1. 다음 중 확률에 관한 내용으로 알맞은 것 두 가지를 고르세요. (　　　　　　)

① 수학적으로 딸을 낳을 확률과 아들을 낳을 확률은 각각 $\frac{1}{2}$이다.

② 이전에 아들을 많이 낳았다면 다음에 딸을 낳을 확률이 높아진다.

③ 확률에서 새로 일어난 사건은 이전에 일어난 사건과 상관이 없다.

④ 지난번에 복권에 당첨되지 않았다면 이번에는 당첨될 확률이 높아진다.

⑤ 동전을 던져서 계속 앞면이 나왔다면 다음에 뒷면이 나올 확률이 높아진다.

 2. 다음 보기 의 문장에 쓰인 표현 기법을 무엇이라고 하나요? (　　　　　　)

| 보기 | 확률은 지난 일을 기억하지 않는단다. |

① 직유법　　　② 의인법　　　③ 과장법　　　④ 생략법　　　⑤ 열거법

 3. 보기 처럼 우리가 이전에 일어난 사건과 관련지어 확률에 대해 착각하고 있는 예를 써 보세요.

보기 주사위 던지기 놀이를 할 때, 연달아 홀수 면만 계속 나온 경우 다음번에는 꼭 짝수 면이 나올 것이라고 생각하는 경우

확률 계산해 보기

자, 그럼 확률을 직접 계산해 볼까? 상자 안에 똑같은 크기와 모양의 초록색 구슬 아홉 개와 붉은색 구슬 한 개가 들어 있어. 그럼 상자에서 구슬 한 개를 꺼낼 때 초록색 구슬이 나올 확률은 얼마나 될까? 먼저 상자 안에 들어 있는 구슬의 수는 합해서 모두 열 개야. 따라서 상자에서 구슬 한 개를 꺼낼 때 초록색 구슬과 붉은색 구슬이 나올 확률은 각각 다음과 같지.

$$\text{초록색 구슬이 나올 확률} = \frac{9}{10}$$

$$\text{붉은색 구슬이 나올 확률} = \frac{1}{10}$$

그럼 초록색 구슬이 나올 확률과 붉은색 구슬이 나올 확률을 더하면 어떻게 될까?

$$\frac{9}{10} + \frac{1}{10} = 1$$

앞에서 '만약 어떤 일이 절대로 일어나지 않는다면 확률은 0이 되고 반드시 일어난다면 확률은 1이 된다'고 했지? 이렇게 확률은 늘 0에서 1 사이의 값을 갖는단다.

붉은색 구슬이 나올 확률은?

초록색 구슬이 나올 확률은?

1. 상자 안에 똑같은 크기와 모양의 초록색 구슬 여섯 개와 붉은색 구슬 네 개가 들어 있을 때, 다음 내용이 맞으면 ◯표를, 틀리면 ✕표를 하세요.

(1) 상자에서 구슬을 한 개 꺼낼 때 초록색 구슬이 나올 확률 은 $\frac{6}{10}$ 이다. (   )

(2) 상자에서 구슬을 한 개 꺼낼 때 붉은색 구슬이 나올 확률 은 $\frac{1}{2}$ 이다. (   )

(3) 초록색 구슬이 나올 확률과 붉은색 구슬이 나올 확률을 더하면 1이다. (   )

2. 이 글은 확률의 계산에 대해 말하고 있습니다. 글을 잘 읽고 다음 ㉠~㉣에 들어갈 알맞은 수를 쓰세요.

> 만약 어떤 일이 절대로 일어나지 않는다면 확률은 (㉠)이 되고 반드시 일어난다면 확률은 (㉡)이 된다. 다시 말해서 확률은 (㉢)에서 (㉣) 사이의 값을 갖 는다.

㉠ (   ) ㉡ (   )
㉢ (   ) ㉣ (   )

3. 확률을 알면 좋은 점을 구체적인 예를 들어 설명해 보세요.

오늘 비 올 확률이
80퍼센트라고 했잖아.

확률 이야기 중에서 우리가 가장 많이 듣는 것은 아마도 날씨일 거야.

하늘이 꾸물꾸물 흐린 날이면 엄마가 우산을 챙겨 주며 말씀하시지.

"오늘 비가 올 확률이 높다고 하니 우산을 가져가렴."

이런 날이면 신문이나 뉴스에도 '오늘 비가 올 확률은 80퍼센트입니다.' 하는 이야기가 빠지지 않고 나와. 그런데 비가 올지, 오지 않을지 확률로 어떻게 계산할 수 있는지 궁금하지 않니? 지금부터 함께 알아보자.

비가 올 확률을 다른 말로 '강수 확률'이라고 해. 강수 확률은 기상청에서 발표하지. 기상청에서는 과거의 날씨 자료를 바탕으로 강수 확률을 계산해. 기온과 기압, 바람의 방향과 속도 등을 조사한 일기도를 과거의 일기도와 비교하는 거야. 비슷한 일기도를 찾아서 그날 비가 내렸는지, 내리지 않았는지를 살핀단다.

만약 일기도가 비슷한 자료를 열 개 찾았는데 그 가운데 세 번 비가 내렸다면, 비가 올 확률은 30퍼센트가 돼. 강수 확률은 통계적 확률에 해당해. 자료가 많지 않으면 결과가 달라질 수도 있어. 또 기상 조건이 갑자기 변해 결과가 달라질 수도 있지. 그래서 날씨 예보의 발표와 달리 느닷없이 비가 내리거나, 내린다던 비가 내리지 않는 경우도 생길 수 있는 거야.

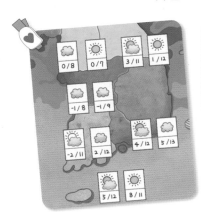

언어 1. 다음 중 강수 확률에 대한 설명으로 알맞지 <u>않은</u> 것은 무엇인가요? (   )

① 기상청에서 발표한다.

② 강수 확률은 맞지 않을 때도 있다.

③ 강수 확률은 수학적 확률에 해당한다.

④ 과거의 기상 자료를 바탕으로 계산한다.

⑤ 비슷한 일기도를 찾아 비가 내렸는지, 비가 내리지 않았는지를 살핀다.

과학탐구 2. 기상청에서는 다음과 같은 일기도를 만들고 예보를 합니다. 날씨 예보를 하는 과정을 순서대로 나열한 것은 어느 것인가요? (   )

> ㉠ 날씨 예보를 한다.   ㉡ 날씨를 관측한다.
> ㉢ 일기도를 작성한다.   ㉣ 기상 자료를 수집한다.
> ㉤ 기상 자료를 처리, 분석한다.

① ㉠→㉡→㉢→㉣→㉤   ② ㉠→㉢→㉡→㉣→㉤

③ ㉡→㉢→㉠→㉣→㉤   ④ ㉡→㉣→㉤→㉢→㉠

⑤ ㉠→㉣→㉡→㉢→㉤

3주 2일
학습 끝!

붙임 딱지 붙여요

논술 3. 날씨 예보를 들으면 비 올 확률을 알 수 있어서 우산을 준비할 수 있습니다. 이 외에 날씨 예보가 우리에게 주는 도움을 써 보세요.

03 윷놀이와 확률의 관계

명절이면 온 가족이 모여서 윷놀이를 즐겨. 윷가락은 보통 길쭉한 나무를 반으로 쪼개서 만들지. 윷가락을 던져 둥근 곡면이 나오면 '엎어진다', 평면이 나오면 '젖혀진다'고 해. 윷가락 네 짝 중 평면이 한 짝이면 '도', 두 짝이면 '개', 세 짝이면 '걸', 네 짝이면 '윷'이야. 또 네 짝이 다 곡면이면 '모'라고 한단다.

윷 한 짝을 던지면 평면과 곡면, 두 경우가 나와. 확률이 각각 $\frac{1}{2}$이지. 윷 두 짝을 던지면 '평면, 평면', '평면, 곡면', '곡면, 평면', '곡면, 곡면'의 네 가지 경우가 나와. 이런 식으로 네 짝의 윷을 한 번 던지면 열여섯 가지 경우가 나온단다. 윷 네 짝이 평면인 '윷'이나 네 짝이 곡면인 '모'가 나오는 경우는 열여섯 가지 중 한 번뿐이니 확률이 각각 $\frac{1}{16}$이야.

평면이 한 짝뿐인 '도'나 곡면이 한 짝뿐인 '걸'의 경우는 각각 네 번이니 확률은 $\frac{4}{16}$란다. 두 짝이 평면, 두 짝이 곡면인 '개'는 여섯 번이니까 확률이 $\frac{6}{16}$이지.

그런데 사실 윷가락은 모양의 특성상 곡면과 평면이 나올 가능성이 달라. 곡면이 바닥에 닿고 평면이 위로 나올 확률이 더 높지. 이렇게 따져 보면 윷놀이에서는 걸이 나올 확률이 가장 높고 개, 윷, 도, 모의 순으로 나온단다.

윷 짝				값
1	2	3	4	
평면	평면	평면	평면	윷
평면	평면	평면	곡면	걸
평면	평면	곡면	평면	걸
평면	평면	곡면	곡면	개
평면	곡면	평면	평면	걸
평면	곡면	평면	곡면	개
평면	곡면	곡면	평면	개
평면	곡면	곡면	곡면	도
곡면	평면	평면	평면	걸
곡면	평면	평면	곡면	개
곡면	평면	곡면	평면	개
곡면	평면	곡면	곡면	도
곡면	곡면	평면	평면	개
곡면	곡면	평면	곡면	도
곡면	곡면	곡면	평면	도
곡면	곡면	곡면	곡면	모

언어 **1.** 다음 중 윷놀이에 대한 설명으로 알맞지 <u>않은</u> 것은 무엇인가요? (   )

① 윷놀이를 할 때는 윷가락 네 짝을 사용한다.

② 윷가락이 모두 엎어지면 '도'가 나왔다고 한다.

③ 윷가락은 길쭉한 나무를 반으로 쪼개어 만든다.

④ 곡면보다 평면이 나올 가능성이 높을 때, '모'보다 '윷'이 나올 확률이 높다.

⑤ 윷가락들이 엎어지거나 젖혀지는 수에 따라 '도', '개', '걸', '윷', '모'로 부른다.

수리 탐구 **2.** 윷가락을 던졌을 때 '도'가 나올 확률과 '걸'이 나올 확률은 각각 $\frac{4}{16}$입니다. $\frac{4}{16}$를 약분하면 $\frac{1}{4}$이 됩니다. 다음 그림에서 $\frac{1}{4}$에 해당하는 것 두 가지를 고르세요.

(   )

①　②　③ 색연필　④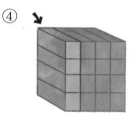

논술 **3.** 윷놀이는 우리 고유의 민속놀이입니다. 요즘의 놀이와 비교했을 때 민속놀이의 좋은 점을 써 보세요.

보험과 확률의 관계

보험이란 갑자기 사고가 일어나거나 병이 났을 때 경제적인 부담을 덜기 위해 사람들이 생각해 낸 방법 중 하나야. 사람들이 보험 회사에 돈을 조금씩 내면, 보험 회사에서는 나중에 그 사람이 사고를 당했을 때 약속한 보상을 해 준단다.

그렇다면 보험과 확률은 어떤 관계가 있을까?

우리는 어떤 사고를 당하게 될지 정확히 알 수 없어. 하지만 예상할 수는 있지.

"난 운전을 매일 하고 다니니까 교통사고를 경험할 확률이 높은 편이야. 사고가 났을 때를 대비해서 운전자 보험을 들어야겠군."

사람들은 이렇게 확률을 따져서 자기에게 알맞은 보험에 드는 거야.

또 누구나 병에 걸릴 확률이 있기 때문에 건강 보험에도 가입하지. 이때 보험 회사도 확률을 따지기는 마찬가지야.

"운전을 매일 오랫동안 하시니, 교통사고를 경험할 확률이 다른 사람보다 높군요. 그럼 보험료를 더 많이 내셔야 합니다."

"젊은 사람은 나이가 많은 사람보다 질병에 걸릴 확률이 낮기 때문에 보험료가 더 적게 적용됩니다."

이렇게 확률을 따져서 보험료를 정한단다.

1. 이 글의 내용으로 알맞은 것을 모두 고르세요. (   )

① 보험 회사는 확률을 따져서 보험료를 정한다.

② 병에 걸릴 확률이 높은 사람은 보험료를 조금만 낸다.

③ 사람들은 확률을 따져서 자기에게 알맞은 보험에 든다.

④ 보험 회사는 사고를 당한 사람 누구에게나 보상을 해 준다.

⑤ 보험은 사고가 났을 때 경제적 부담을 덜기 위해 사람들이 생각해 낸 방법이다.

 2. 다음 문장을 보기 와 같이 원인과 결과로 나누어 써 보세요.

> **보기** • 운전을 매일 하시니 교통사고를 경험할 확률이 높군요.
>
> (1) 원인: 운전을 매일 한다.
> (2) 결과: 교통사고를 경험할 확률이 높다.

• 병에 걸릴 확률이 낮으니 보험료를 조금만 내셔도 됩니다.

(1) 원인:

(2) 결과:

3. 보험 회사에서는 사람마다 다르게 보험료를 정합니다. 만약 확률을 따지지 않고, 모든 사람이 보험료를 똑같이 낸다면 어떨지 여러분의 의견을 써 보세요.

03 복권에 당첨될 확률

 확률을 알면 일상생활에서 여러모로 도움이 돼. 하지만 우리가 상식으로 생각하는 확률이 알고 보면 착각인 경우도 있단다. 복권이 바로 그런 경우이지.

 우리 주위에는 복권을 사는 어른이 많아. 특히 45개의 숫자 가운데서 여섯 개의 숫자를 맞히는 로또 복권이 인기가 좋지. 그럼 로또 복권 1등에 당첨될 확률은 얼마일까?

 먼저 45개 숫자 중에서 하나를 고를 때 그 숫자가 여섯 개의 당첨 숫자 중 하나일 경우의 수는 여섯 가지이고, 이때 확률은 $\frac{6}{45}$이야. 두 번째 숫자를 고를 때 그 숫자가 나머지 다섯 개 숫자 중 하나일 경우의 수는 다섯 가지이고, 이때 확률은 첫 번째 숫자를 뺀 나머지 44개 숫자 중에서 뽑게 되므로 $\frac{5}{44}$가 되지. 이런 식으로 여섯 개 숫자를 모두 뽑으면 계산은 다음과 같아.

$$\frac{6}{45} \times \frac{5}{44} \times \frac{4}{43} \times \frac{3}{42} \times \frac{2}{41} \times \frac{1}{40} = \frac{6 \times 5 \times 4 \times 3 \times 2 \times 1}{45 \times 44 \times 43 \times 42 \times 41 \times 40} = \frac{720}{5,864,443,200} = \frac{1}{8,145,060}$$

 실제로 로또 복권 1등에 당첨될 확률은 $\frac{1}{8,145,060}$이야. 사람들이 생각하는 것보다 확률이 훨씬 낮지. 그런데도 사람들은 '혹시 나도 당첨될지 몰라!' 하며 복권 당첨 숫자를 분석하거나 정보를 나눈단다. 하지만 우리는 이미 앞에서 확률은 기억력이 없다는 것을 배웠잖아. 이전에 특정한 숫자가 아무리 많이 나왔어도, 내가 그동안 복권을 아무리 많이 샀어도, 새로운 로또 복권 추첨과는 아무 상관이 없어.

 물론 확률이 낮아도 당첨되는 사람이 있기는 해. 하지만 그렇게 운이 좋을 확률이 $\frac{1}{8,145,060}$이라는 걸 기억하렴.

언어 1. 이 글의 중심 글감은 무엇인가요? (　　　　)

①
복권

②
숫자

③
친구

④
기억력

사회 탐구 2. 우리 주위에는 복권을 사는 사람이 많은데, 복권을 발행해서 얻은 수익 중 일부는 공익사업을 위해 쓰입니다. 다음 중 공익사업이 <u>아닌</u> 것은 무엇인가요? (　　　　)

① 다문화 가정을 지원한다.
② 장애인을 위한 복지 사업을 한다.
③ 어두운 골목길에 가로등을 세운다.
④ 우리 집 냉장고를 새것으로 바꾼다.
⑤ 저소득 계층을 위한 복지 사업을 한다.

3주 3일
학습 끝!

붙임 딱지 붙여요

논술 3. 복권에 당첨될 확률은 굉장히 낮습니다. 당첨될 확률이 낮은 복권을 구입하는 것에 대한 여러분의 의견을 써 보세요.

잼을 바른 토스트와 확률의 관계

"앗! 토스트를 떨어뜨렸는데, 하필 잼을 바른 쪽이 바닥으로 향할 게 뭐람."

누구나 이런 일을 경험해 봤을 거야. 사소한 실수를 했는데, 아주 골치 아픈 결과가 나온 경험 말이야. 이렇게 일이 자신에게 나쁜 쪽으로 꼬이는 것을 '머피의 법칙'이라고 해. 잼을 바른 쪽이 하필 바닥으로 떨어지는 일도 일종의 머피의 법칙에 해당하지.

잼을 바른 쪽이 바닥으로 떨어지면, 깨끗한 곳에 떨어져도 먹기가 꺼림칙해. 그리고 바닥에도 끈적끈적한 잼이 묻게 되어 닦아 내야 해. 대부분의 사람은 이런 일을 겪으면 '난 참 운도 없다.' 하고 생각할 거야.

하지만 알고 보면 이 머피의 법칙은 우연히 일어난 일이 아니야. 확률적으로 토스트가 식탁에서 떨어졌을 때 잼을 바른 쪽이 바닥으로 떨어질 가능성이 더 높아.

식탁 위 토스트는 바닥으로 떨어지면서 회전을 시작해. 그런데 바닥으로부터 식탁까지의 높이를 계산하면 토스트는 반 바퀴쯤 회전했을 때 바닥에 닿게 돼. 그러니까 잼을 바른 쪽이 바닥에 닿게 되지. 만약 식탁이 지금보다 두 배쯤 높으면 토스트는 한 바퀴를 회전해서 바닥에 닿게 될 거야. 그렇다면 잼을 바르지 않은 쪽이 바닥에 닿게 되겠지. 확률은 이처럼 우연이라고 생각하는 일에도 숨어 있어.

언어 **1.** 다음 보기 에서 사용된 설명 방법은 무엇인가요? (　　　　)

보기　　일이 자신에게 나쁜 쪽으로 꼬이는 것을 '머피의 법칙'이라고 한다.

① 예시　　　　② 정의　　　　③ 구분　　　　④ 대조　　　　⑤ 비교

과학
탐구 **2.** 식탁에서 떨어진 토스트는 회전을 하여 대부분 잼을 바른 쪽이 바닥에 떨어집니다. 이때 잼을 바른 쪽이 바닥에 닿는 데 영향을 주는 것은 무엇인가요?
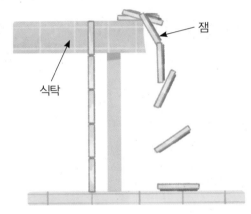
(　　　　)

① 잼의 종류　　　　② 바닥의 재질
③ 식탁의 높이　　　　④ 바닥의 색상
⑤ 토스트의 재료

논술 **3.** 토스트를 바닥에 떨어뜨려 보기 처럼 한탄하는 친구에게 해 주고 싶은 말을 이 글을 바탕으로 써 보세요.

보기 앗! 하필 잼을 바른 쪽이 바닥으로 떨어질 게 뭐람. 이건 머피의 법칙이야. 난 정말 운이 없어.

같은 반 친구와 생일이 같을 확률

한 반에 생일이 같은 친구가 있다면 우리는 무척 놀라며 다음처럼 말하곤 해.

"1년은 365일이고 우리 반은 고작 서른 명뿐인데 생일이 같다니, 굉장한 우연이야."

서른 명 중 생일이 같은 사람이 있을 확률이 정말로 낮을까? 이것을 계산할 때에는 생일이 같은 사람이 있는 확률을 구하기보다 생일이 모두 다를 확률을 구하는 것이 빨라. 생일이 같은 사람이 세 명이나 네 명일 수도 있으니까. 그럼 경우의 수가 너무 많거든. 따라서 생일이 다 같을 확률 1에서 생일이 모두 다를 확률을 빼는 것이 낫지.

먼저 두 명만 놓고 볼 때, 첫 번째 사람의 생일이 7월 1일이라면, 다른 한 명의 생일은 이날을 제외한 364일 중 한 날이어야 해. 따라서 두 명의 생일이 다를 확률은 $\frac{364}{365}$야. 이어서 세 명의 생일이 다를 확률은 $\frac{363}{365}$이지. 이렇게 계속 생일이 다를 경우의 수를 서른 명까지 생각한 다음, 이 경우의 수를 모두 곱하면 서른 명의 생일이 모두 다를 확률이 나와. 그것을 계산하면 다음과 같아.

$$\frac{365}{365} \times \frac{364}{365} \times \frac{363}{365} \times \cdots \times \frac{336}{365} \fallingdotseq \frac{29}{100}$$

$\frac{29}{100}$를 생일이 모두 같을 확률 1에서 빼면 $\frac{71}{100}$이야. 백분율로 바꾸면 71퍼센트가 되지. 즉, 서른 명 중 생일이 같은 사람이 있을 확률은 약 71퍼센트로 높은 편이야.

언어 **1. 이 글의 내용으로 맞으면 ◯표를, 틀리면 ✕표를 하세요.**

(1) 서른 명의 생일이 모두 다를 확률은 약 $\frac{29}{100}$이다. (　　　　)

(2) 서른 명의 생일이 모두 다를 확률은 약 29퍼센트이다. (　　　　)

(3) 서른 명 중 생일이 같은 사람이 있을 확률은 약 $\frac{71}{100}$이다. (　　　　)

(4) 서른 명 중 생일이 같은 두 사람이 있을 확률은 약 7퍼센트이다. (　　　　)

수리 탐구 **2. 우리나라의 건국 신화에는 고구려, 백제, 신라 등 각 나라를 세운 시조의 기이한 탄생 이야기가 담겨 있습니다. 다음 중 우리나라의 건국 신화와 관련된 내용이 <u>아닌</u> 것 두 가지를 고르세요. (　　　　　　　　)**

① 고구려의 시조인 주몽은 알에서 태어났다고 한다.
② 고구려의 시조인 유리는 알에서 태어났다고 한다.
③ 건국 신화를 통해 조상들의 세계관을 엿볼 수 있다.
④ 건국 신화에는 나라를 다스리기 위한 이념이 담겨 있다.
⑤ 신라의 시조인 박혁거세는 독수리가 품어서 키웠다고 한다.

논술 **3. 운이나 확률만 믿고 무턱대고 행동하는 사람들을 종종 볼 수 있습니다. 구체적인 예를 들고, 그러한 행동에 대한 여러분의 의견을 써 보세요.**

비행기 사고를 당할 확률

우리는 먼 곳으로 여행을 가거나 이동할 때면 여러 가지 교통수단을 이용해. 자전거, 자동차, 기차, 비행기, 배 등 탈것의 종류도 다양하지. 그런데 사람들 가운데는 유난히 비행기 타기를 무서워하는 사람이 있어.

이유를 들어 보면 그게 맞는 말인지 틀린 말인지 헷갈릴 때가 많아.

"자동차 사고보다 비행기 사고로 사망할 확률이 더 높대요. 나는 시간이 걸려도 안전하게 자동차를 타고 가겠어요."

확률을 모른다면 이런 말을 듣고 그대로 믿을 거야.

정말로 비행기 사고로 사망할 확률이 자동차 사고로 사망할 확률보다 높을까? 실제로는 자동차 사고로 사망할 확률은 $\frac{3}{100}$이고, 비행기 사고로 사망할 확률은 $\frac{34}{1,000,000}$라고 해. 비행기 사고보다 자동차 사고로 사망할 확률이 훨씬 높은 거지.

그렇다면 왜 사람들은 비행기 사고로 사망할 확률이 높다고 생각할까? 그건 자동차보다 비행기에 더 많은 사람이 타기 때문에 잠시 착각한 거야. 비행기 사고가 나면 한 번에 많은 피해자가 생기잖아. 또 살아남는 사람이 거의 없어. 그뿐이니? 방송에서도 대대적으로 보도를 하잖아. 이 때문에 많은 사람이 비행기가 더 위험하다고 생각하게 된 거야.

※ **대대적**: 일의 범위나 규모가 매우 큰.

1. 이 글에서 비교하고 있는 두 가지 대상은 무엇인가요? (   )

① 자전거가 고장 날 확률과 자동차가 고장 날 확률

② 자동차를 이용하는 비율과 기차를 이용하는 비율

③ 기차 사고로 사망할 확률과 자동차 사고로 사망할 확률

④ 자동차 사고로 사망할 확률과 비행기 사고로 사망할 확률

⑤ 자전거 바퀴에 구멍이 날 확률과 자동차 바퀴에 구멍이 날 확률

 2. 교통수단의 종류는 여러 가지가 있습니다. 다음 보기 의 교통수단이 발달한 순서대로 기호를 쓰세요.

보기

㉠ 뗏목

㉡ 비행기

㉢ 기차

(   ) → (   ) → (   )

3주 4일
학습 끝!

붙임 딱지 붙여요

 3. 교통사고를 당할 확률을 낮추기 위해 생활 속에서 지켜야 할 안전 수칙을 써 보세요.

1 다음 중 확률에 대한 내용으로 맞으면 ◯표를, 틀리면 ✕표를 하세요.

(1) 확률에는 수학적 확률과 통계적 확률이 있다. (   )

(2) 확률이란 어떤 일이 일어날 가능성을 수로 나타낸 것이다. (   )

(3) 시행 횟수가 많아질수록 통계적 확률은 수학적 확률에 가까워진다. (   )

(4) 동전을 열 번 던졌을 때 열 번 계속 앞면만 나왔다면, 그다음부터는 뒷면이 나올 확률이 높아진다. (   )

2 다음은 무엇에 대한 확률을 설명한 글일까요? 알맞은 것을 보기 에서 골라 빈칸에 쓰세요.

보기   윷놀이   보험   날씨

(1)

자주 듣는 확률 이야기 중 하나이다. 기상청에서는 과거의 기상 자료를 바탕으로 확률을 계산하여 일기도를 만든다. 강수 확률은 통계적 확률에 해당한다.

[   ]

(2)

네 짝의 윷을 한 번 던지면 열여섯 가지 경우가 나온다. 윷가락 네 짝이 평면인 '윷'이나 모두 곡면인 '모'가 나올 확률은 각각 $\frac{1}{16}$ 이다.

[   ]

(3)

병에 걸리거나 큰 사고를 만날 확률이 있기 때문에 많은 사람이 대비책으로 마련한 제도이다. 각 사람의 사고나 질병 확률을 따져 낼 금액을 정한다.

[   ]

3 다음 잘못된 확률 상식을 바로잡아 놓은 것을 찾아 줄로 이으세요.

(1)
로또 복권에 당첨될 확률은 1등에 당첨되거나, 당첨되지 않거나 두 가지 중 하나니까 $\frac{1}{45}$이라고 생각한다.

•

•
㉠ 실제로는 자동차 사고로 사망할 확률이 비행기 사고로 사망할 확률보다 훨씬 높다.

(2)
식탁 위에 있던 토스트가 떨어졌을 때 잼을 바른 쪽이 바닥에 떨어지면, 확률적으로 드문 일이 운 나쁘게 일어났다고 생각한다.

•

•
㉡ 로또 복권 1등에 당첨될 수학적 확률은 $\frac{1}{8,145,060}$ 이다.

(3)
비행기 사고로 사망할 확률이 자동차 사고로 사망할 확률보다 높다고 생각한다.

•

•
㉢ 식탁 위에 있던 토스트가 떨어질 때 잼을 바른 쪽이 바닥에 닿을 확률이 훨씬 높다.

4 다음 밑줄 그은 낱말 중 움직임을 나타내는 말이 <u>아닌</u> 것은 어느 것인가요? (   )

① 딸을 <u>낳다</u>.   ② 동전을 <u>던지다</u>.   ③ 복권을 <u>사다</u>.
④ 하늘은 <u>푸르다</u>.   ⑤ 확률을 <u>계산하다</u>.

5 확률은 0에서 1까지의 값을 갖습니다. 또 확률은 우리 주위에서 '높다', '낮다'로 표현하기도 합니다. 확률이 0인 경우와 확률을 '높다', '낮다'로 표현하는 경우의 예를 써 보세요.

(1) 확률이 0인 경우:

(2) 확률을 '높다', '낮다'로 표현하는 경우:

궁금해요

확률이 도박 때문에 생겨났다고?

'그 일이 일어날 가능성은 얼마나 될까?' 사람들은 앞으로 일어날 일이 궁금할 때면 자연스럽게 '확률'에 대해 생각해요. 그럼 '확률'이라는 개념은 언제 처음 만들어졌을까요?

확률을 따지는 도박 게임

사람들은 먼 옛날부터 앞으로 일어날 일을 궁금하게 여겼어요. 하지만 오랫동안 확률에 대한 정확한 개념이 없었지요. 확률에 대한 연구는 16세기 이후에야 조금씩 시작되었답니다. 확률을 처음으로 연구한 사람은 이탈리아의 수학자이자 의사, 점성술사로 유명한 카르다노예요. 카르다노는 수학과 의학을 비롯해 연금술*, 물리학, 철학, 종교학 등에 관련된 책을 200여 권이나 쓴 뛰어난 학자였어요. 이런 카르다노가 하루도 빼놓지 않고 하는 것이 있었어요. 바로 도박이었어요. 카

▲ 카르다노

르다노는 주사위와 카드, 체스 등 갖가지 도박을 즐겼는데, 그 가운데서도 주사위를 이용한 도박을 무척 좋아했어요.

확률 박사가 된 카르다노

주사위 도박에 빠져 있던 수학자 카르다노는 주사위를 던졌을 때 나올 수 있는 수에 대해 여러 가지로 생각했어요. 그 결과 두 개의 주사위를 동시에 던졌을 때 나올 수 있는 수의 합은 7일 확률이 가장 높다는 것을 알아냈어요. 그리고 이런 연구 결과를 실은 "확률 게임에 관한 책"을 펴냈답니다. 결국 확률에 대한 최초의 연구는 카르다노가 도박에서 이기기 위해 시작한 셈이에요. 그럼 카르다노가 확률을 이용해 도박에서 큰돈을 벌었느냐고요? 물론 처음에는 돈을 꽤 벌기도 했어요. 하지만 갖가지 도박을 무려 40년이나 한 뒤, 카르다노는 이렇게 말했다고 해요.

"도박은 질 수밖에 없는 게임이다."

---

* **연금술**: 구리·납·주석 따위의 비금속으로 금·은 따위의 귀금속을 만들고, 나아가서는 늙지 않는 영약을 만들려고 한 화학 기술. 고대 이집트에서 시작됨.

수학에 등장한 확률

▲ 파스칼

카르다노가 확률에 대한 연구 결과를 내놓았지만, 카르다노의 책을 사서 보는 사람들은 수학자들이 아니라 주로 도박사들이었어요. 그 후 1654년 어느 날, 프랑스의 유명한 수학자 파스칼이 도박을 좋아하는 친구 드 메레에게 편지 한 통을 받았어요. 편지에는 이런 내용이 쓰여 있었어요.

내가 친구와 한 번 이길 때마다 1점씩 얻어서 3점을 먼저 얻는 사람이 이기는 게임을 하고 있었네. 그런데 사정이 생겨서 내가 2점, 상대편이 1점을 얻은 상태로 게임이 끝났네. 이때 게임에 걸었던 64피스톨 (당시 프랑스 화폐 단위 중 하나)을 어떻게 나누는 것이 좋겠는가?

고민하던 파스칼은 수학자 페르마에게 편지로 도움을 청했어요. 그리고 두 수학자는 서로 편지를 주고받으며 확률에 대해 연구했지요. 그러면서 수학 분야에 확률이라는 개념이 등장하게 된 거예요. 파스칼은 도박을 좋아하는 친구 드 메레에게 다음과 같은 답장을 보냈답니다.

① 만약 경기를 계속한다면, 자네가 네 번째 판에서 이길 확률은 $\frac{1}{2}$ 이네.

② 자네가 네 번째 판에서 지고 다섯 번째 판에서 이길 확률은 $\frac{1}{2} \times \frac{1}{2} = \frac{1}{4}$ 이지.

③ 자네가 이기려면 ① 또는 ②의 경우가 되어야 하니까, 확률은 $\frac{1}{2} + \frac{1}{4} = \frac{3}{4}$ 이 되네.

④ 자네가 이길 확률이 $\frac{3}{4}$ 이니까 자네 친구가 이길 확률은 $1 - \frac{3}{4} = \frac{1}{4}$ 이 되겠지.

⑤ 그러므로 판돈 64피스톨은 자네와 자네 친구가 3 : 1의 비율로 나눠 가지면 된다네.

✏️ 카르다노가 확률을 처음 연구하게 된 까닭이 무엇인지 써 보세요.

내가 할래요

나도 확률 박사

경우의 수를 구하는 방법부터 확률을 구하는 방법까지, 간단한 연습 문제로 여러분도 확률 박사가 되어 보세요.

ǀ 100원짜리 동전 한 개와 윷가락 한 개를 동시에 던질 때 나오는 경우의 수를 다음 순서에 따라서 구해 보세요.

(1) 100원짜리 동전 한 개를 던질 때 앞면 또는 뒷면이 나오는 경우의 수는 몇 가지인가요? (   )

(2) 윷가락 한 짝을 던질 때 곡면 또는 평면이 나오는 경우의 수는 몇 가지인가요? (   )

(3) 100원짜리 동전 한 개와 윷가락 한 짝을 동시에 던질 때 나오는 경우를 다음 빈칸에 채워 보세요.

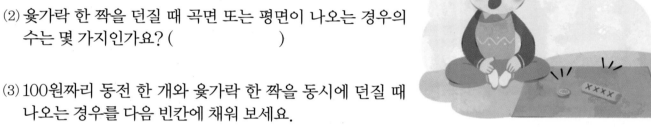

동전 윷가락	앞면	뒷면
곡면	곡면, 앞면	㉡
평면	㉠	평면, 뒷면

(4) 100원짜리 동전 한 개와 윷가락 한 짝을 동시에 던질 때 나오는 경우의 수는 몇 가지인가요?
(   )

3주
학습 끝!

확인할 내용	잘함	보통임	부족함
1. 이번 주 학습을 5일(월요일~금요일) 안에 끝마쳤나요?			
2. 확률의 뜻을 잘 이해하였나요?			
3. 생활 속 확률의 예를 잘 설명할 수 있나요?			
4. 확률 계산을 잘할 수 있나요?			

2 이번에는 순서가 있는 경우의 수를 구하는 방법이에요. 아빠, 엄마 그리고 내가 순서에 따라 화분에 물을 주는 경우의 수는 어떻게 될까요?

(1) 첫 번째로 화분에 물을 줄 수 있는 사람을 모두 써 보세요. (   )

(2) 아빠를 첫 번째로 화분에 물을 주는 사람으로 정하고, 나머지 두 사람이 그다음에 물을 주는 순서를 빈칸에 써 보세요.

첫 번째	두 번째	세 번째
아빠	엄마	나
아빠		

(3) 엄마를 첫 번째로 화분에 물을 주는 사람으로 정하고, 나머지 두 사람이 그다음에 물을 주는 순서를 빈칸에 써 보세요.

첫 번째	두 번째	세 번째
엄마	아빠	나
엄마		

(4) 나를 첫 번째로 화분에 물을 주는 사람으로 정하고, 나머지 두 사람이 그다음에 물을 주는 순서를 빈칸에 써 보세요.

첫 번째	두 번째	세 번째
나	아빠	엄마

(5) 아빠, 엄마, 내가 화분에 물을 주는 순서를 정하는 방법은 모두 몇 가지인가요?
(   )

(6) 전체 경우에서 내가 첫 번째로 화분에 물을 줄 확률은 얼마인가요? (   )

(7) 전체 경우에서 아빠와 엄마가 첫 번째로 화분에 물을 줄 확률은 얼마인가요? (   )

3주 5일
학습 끝!

붙임 딱지 붙여요

전하는 말

4주

기사문은
어떻게 쓸까요?

생각톡톡 사람들은 무엇을 통해 새로운 뉴스를 접하게 되는지 보기 에서 모두 찾아 쓰세요.

보기 신문   텔레비전   만화책   소설책

(   )

관련교과 [국어 6-1] 기사문의 특성과 기사문 쓰는 법 알아보기, 뉴스의 특성과 짜임새 알아보기
[사회 5-1] 장애인의 인권을 존중하기 위한 방법 알아보기

신문 기사 읽기

주꾸미 잡다가 청자 대접 발견

　한 어부가 고려 시대 것으로 추정되는 청자 대접을 발견한 사실이 알려져 화제를 모으고 있다. 이 어부는 지난 5월 18일 바다에서 잡아 올린 주꾸미 한 마리가 청자 대접을 감고 있는 것을 발견하고 이 사실을 태안군청에 신고했다.

　한편 소식을 접한 국립 해양 유물 전시관은 청자 대접이 나온 충청남도 태안군 앞바다를 긴급 탐사하기로 결정했다.

청자 묻혀 있는 곳 발견돼

　충청남도 태안군 앞바다에서 고려청자가 묻혀 있는 곳이 발견됐다.

　국립 해양 유물 전시관은 태안 대섬 인근의 해역을 탐사한 결과 고려청자 30여 점이 해저에 묻혀 있는 것을 확인했으며, 이 중 아홉 점의 유물을 수습했다고 밝혔다. 이번 탐사는 주꾸미를 잡던 어부가 청자 대접을 발견해 신고한 것을 계기로 이루어졌으며, 국립 해양 유물 전시관은 앞으로 본격적인 유물 발굴 작업을 실시할 계획이다.

비판력 1. 이 글의 종류는 기사문입니다. 다음 중 기사문에 대한 설명으로 알맞지 <u>않은</u> 것은 무엇인가요? (   )

① 사실을 있는 그대로 전해야 한다.

② 쉽고 간결한 문장으로 표현해야 한다.

③ 읽는 사람에게 정확한 내용을 전달해야 한다.

④ 내가 알리고 싶은 것이면 무엇이든지 써도 된다.

⑤ 읽는 사람이 이해하기 쉽도록 사진이나 도표 등을 넣는다.

이해력 2. 두 기사문에 대한 설명으로 알맞지 <u>않은</u> 것은 무엇인가요? (   )

① 두 기사문은 모두 청자가 발견되었다는 소식을 전하고 있다.

② 첫 번째 기사문은 청자 대접을 발견한 과정에 큰 비중을 두고 있다.

③ 첫 번째 기사문은 발견한 청자 대접을 고려 시대 것으로 추정하고 있다.

④ 두 번째 기사문은 해저에 묻혀 있는 청자가 고려 시대 것이라고 확정하고 있다.

⑤ 두 번째 기사문은 발견한 청자를 앞으로 어떻게 할 것인지에 큰 비중을 두고 있다.

논술 3. 고려청자는 우리나라의 소중한 유물입니다. 고려청자와 같은 유물의 발견이 중요한 까닭을 써 보세요.

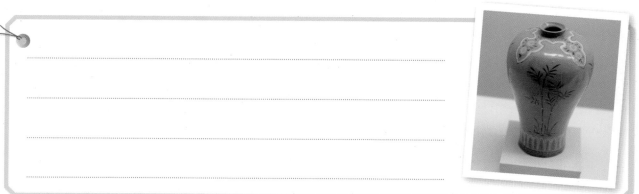

○○일보   ○○○○년 ○○월 ○○일 ○요일

행복 초등학교,
'사랑의 김치 담그기' 행사 개최

행복 초등학교는 지난 11월 10일 학교 급식실에서 교사와 학부모, 학생이 참여한 가운데 '사랑의 김치 담그기' 행사를 개최하였다.

이 행사는 어려운 이웃에게 김치를 전달하기 위해 마련된 것으로, 행복 초등학교 교사들과 학생들이 매년 돈을 모아 실시하고 있다.

이번 행사에 참여한 5학년 이민아 학생은 "김치를 담그는 일이 생각보다 힘들다."며 "그래도 어려운 분들에게 보탬이 된다고 생각하니 뿌듯하다."고 말했다.

6학년 김윤아 학생은 "김치를 직접 담가 봄으로써 김치의 소중함을 알게 됐다."며 "앞으로 밥상에 오른 김치를 편식하지 않고 잘 먹겠다."고 했다. 또 3년째 행사에 참여하고 있다는 한 학부모는 "아이들이 직접 음식을 만들 기회가 없었는데, 이 행사를 통해 우리 먹을거리에 대해 관심도 가지고 이웃을 생각하는 마음도 기를 수 있어 좋다."고 소감을 밝혔다.

행복 초등학교 이은수 교장은 "교사와 학부모, 학생 모두가 참여할 만한 봉사 활동을 찾다가 '사랑의 김치 담그기' 행사를 생각해 냈다."며 "앞으로 더 많은 이웃에게 김치를 전달할 수 있도록 노력하겠다."고 말했다.

한편 이날 담근 김치는 지역 내 다문화 가정과 조손 가정, 장애인 시설 등 여러 곳으로 전달되었다.

분석력 1. 기사문은 육하원칙에 따라 작성됩니다. 이 기사문의 내용을 육하원칙에 따라 정리할 때 빈칸에 들어갈 알맞은 말을 써 보세요.

누가	행복 초등학교 교사와 학부모, 학생들이
언제	(1)
어디서	(2)
무엇을	(3)
어떻게	행복 초등학교 교사들과 학생들이 매년 돈을 모아 실시하고 있다.
왜	어려운 이웃에게 김치를 전달하기 위해

추리력 2. 김치는 대표적인 발효 음식입니다. 다음 중 발효 음식에 대한 설명으로 알맞은 것을 모두 고르세요. ( )

① 치즈, 요구르트는 발효 음식이다.
② 발효는 미생물에 의해 이루어진다.
③ 발효 음식에는 독특한 맛과 냄새가 있다.
④ 발효로 만들어진 음식은 우리 몸에 해롭다.
⑤ 간장은 발효 음식이지만, 고추장은 발효 음식이 아니다.

논술 3. 여러분은 이웃을 위해 어떤 봉사 활동을 하고 싶은지, 또 누구와 함께 봉사 활동을 하고 싶은지 써 보세요.

○○일보　　　　○○○○년 ○○월 ○○일 ○요일

말하는 코끼리의 정체를 밝혀라

우리말을 따라 하는 코식이에 대한 연구를 시작하다

　동물 연구가들이 '말하는 코끼리' 코식이에 대한 공동 연구를 시작했다. 이들은 코식이가 어떻게 소리를 내는지 자세히 연구하고 과학적으로 밝힐 예정이다.

　2010년 10월 7일, 독일의 생물 물리학자 다니엘 미첸 박사와 오스트리아의 코끼리 음성 연구 전문가 앙겔라 호아그바트 박사가 우리나라를 직접 방문했다. 이들은 코식이의 음성 학습 능력이 사람과 얼마나 비슷한지, 코식이가 사람의 말을 얼마나 따라 하는지, 소리를 낼 때 발성 기관의 형태가 어떻게 변화하는지를 조사할 계획이다. 연구 결과는 "네이처"나 "사이언스" 같은 세계적인 과학 전문지에 발표할 예정이라고 한다.

　앙겔라 박사는 "포유류가 인간의 말을 따라 하는 것은 무척 어렵고 특이한 경우이기 때문에 코식이를 연구하는 일을 매우 중요하게 생각한다."고 말했다.

　코식이는 올해 스무 살로, 용인 에버랜드 초식 사파리에 살고 있는 아시아코끼리이다. 4년 전 '좋아', '안 돼', '발', '누워'의 발음을 완벽하게 따라 해 사람들을 놀라게 했다.

분석력 **1. 이 기사문의 중심 글감은 무엇인가요? (   )**

① 동물원

② 과학 전문지

③ 말하는 코끼리

④ 코끼리의 먹이 연구

⑤ 코끼리를 좋아하는 사람

추리력 **2. 코끼리는 포유류입니다. 다음 중 포유류에 대한 설명으로 알맞지 않은 것은 무엇인가요? (   )**

① 사람도 포유류에 속한다.

② 새끼를 낳아 젖을 먹여 기르는 동물을 말한다.

③ 몸은 '머리, 가슴, 배'의 세 부분으로 되어 있다.

④ 먹이에 따라 초식 동물, 육식 동물, 잡식 동물로 나눌 수 있다.

⑤ 몸속은 호흡 기관, 순환 기관, 소화 기관, 배설 기관 등으로 이루어져 있다.

논술 **3. 다음은 이 신문 기사의 짜임을 나타낸 표입니다. 빈칸에 들어갈 알맞은 내용을 이 글에서 찾아 써 보세요.**

제목	(1)
부제 (제목의 내용을 보충하는 문구)	우리말을 따라 하는 코식이에 대한 연구를 시작하다
요약문 (사실이나 사건을 요약한 머리글)	(2)
본문 (기사 내용을 자세하게 쓴 중심 글)	2010년 10월 7일, 독일의 생물 물리학자 다니엘 미첸 박사와 ~ 4년 전 '좋아', '안 돼', '발', '누워'의 발음을 완벽하게 따라 해 사람들을 놀라게 했다.

4주 1일
학습 끝!

붙임 딱지 붙여요

텔레비전 뉴스 기사 보기

열대야, 잠 잘 자는 법

 요즘 *열대야로 밤잠을 설치시는 분들 많으시죠? 어떻게 하면 잠을 푹 잘 수 있을까요? ○○○ 기자가 보도합니다.

 낮 최고 기온이 30도에 달하는 무더위가 계속되고 있습니다. 낮에는 폭염이, 밤에는 열대야가 시민들을 괴롭히고 있습니다.

 밤새 한숨도 못 잤어요. 딱히 좋은 방법도 모르겠고, 그냥 찬물로 샤워하고 그러죠.

 이처럼 많은 시민들이 잠을 청하기 위해 찬물로 샤워를 한다고 응답했습니다. 과연 이것이 옳은 방법일까요?

 찬물로 샤워하면 체온이 올라갑니다. 오히려 미지근한 물로 샤워를 해서 체온을 낮추는 방법이 좋습니다. 또 밤에 커피나 콜라 같은 음료는 마시지 않는 것이 좋습니다.

 당분간 찜통더위가 계속 이어지는 만큼, 바른 방법으로 열대야를 이겨 내야겠습니다. ○○○ 뉴스 ○○○입니다.

＊ **열대야**: 방 밖의 온도가 25도 이상인 무더운 밤.

 비판력 1. 이 글이 뉴스 기사가 되는 까닭으로 알맞지 <u>않은</u> 것은 무엇인가요? (   )

① 사람들에게 유용한 정보를 담고 있기 때문에

② 사람들이 가깝게 느낄 수 있는 정보이기 때문에

③ 유명하고 권위 있는 사람과 관련된 일이기 때문에

④ 사람들에게 영향을 끼치는 정보를 담고 있기 때문에

⑤ 최근에 일어난 일로, 사람들의 관심을 끌 만한 내용이기 때문에

 분석력 2. 이 글에서 알 수 있는 정보는 무엇인가요? (   )

① 피서 가기 좋은 곳   ② 1주일간의 날씨 정보

③ 장마철에 대비하는 법   ④ 열대야가 일어나는 원인

⑤ 열대야에도 잠을 잘 자는 방법

논술 3. 다음은 텔레비전 뉴스의 짜임을 나타낸 표입니다. 빈칸에 들어갈 알맞은 내용을 이 글에서 찾아 써 보세요.

제목		열대야, 잠 잘 자는 법
진행자의 소개		(1)
기자의 보도	기자	(2)
	시민	밤새 한숨도 못 잤어요. 딱히 좋은 방법도 모르겠고, 그냥 찬물로 샤워하고 그러죠.
	기자	이처럼 많은 시민들이 잠을 청하기 위해 찬물로 샤워를 한다고 응답했습니다.
	전문가	(3)
기자의 마무리 말		(4)

○○일보　　　　　　　　　　○○○○년 ○○월 ○○일 ○요일

청소년 비만 문제 심각

원인은 패스트푸드와 운동 부족

　지난해 서울 시내 초·중·고 학생들을 대상으로 조사한 결과, 약 일곱 명 가운데 한 명은 비만인 것으로 나타났다.

　학교급별 비만 비율은 초등학생이 가장 높았고, 성별에 따른 비만 비율은 여학생이 남학생보다 훨씬 높았다.

　전문가들은 학생 비만이 점점 심각해지는 이유로 패스트푸드 섭취와 운동 부족을 꼽고 있다. 패스트푸드의 원료는 대부분 동물성 단백질과 지방, 설탕, 소금, 화학조미료 등으로 되어 있다. 이 때문에 패스트푸드는 영양이 풍부해 몸을 건강하게 만들어 준다.

　또 내가 보기에도 요즘 아이들은 잘 움직이지 않고 컴퓨터 게임만 하는 것 같다.

　비만을 예방하기 위해서는 패스트푸드의 섭취, 텔레비전 시청, 컴퓨터 게임 등을 줄이고 꾸준하게 운동해야 한다.

• 학교급별 비만 비율

초등학생	13.3%
중학생	14.3%
고등학생	16.6%

• 성별에 따른 비만 비율

구분	남학생	여학생
초등학교	15.5%	10.9%
중학교	16.0%	12.4%
고등학교	18.4%	14.7%

자료 출처: 통계청 발표 '2019년 청소년 통계'

1. 이 글에서 개인의 의견이 들어가 기사문으로 알맞지 <u>않은</u> 내용을 찾아 써 보세요.

 2. 다음 보기 의 밑줄 그은 부분을 바르게 고친 것은 어느 것인가요? (   )

보기 패스트푸드의 원료는 대부분 동물성 단백질과 지방, 설탕, 소금, 화학조미료 등으로 되어 있다. 이 때문에 <u>영양이 풍부해 몸을 건강하게 만들어 준다.</u>

① 가격이 비싸다.
② 만들기가 까다롭다.
③ 아이들 입맛에는 맞지 않다.
④ 칼로리가 높아 비만을 부른다.
⑤ 칼로리가 낮아 영양이 부족하다.

3. 이 글의 통계 자료를 바탕으로 하여 다음 보기 의 내용을 알맞게 고쳐 써 보세요.

보기 학교급별 비만 비율은 초등학생이 가장 높았고, 성별에 따른 비만 비율은 여학생이 남학생보다 훨씬 높았다.

사건명: 알비노 다람쥐 출현

2018년 10월 4일, 설악산 국립 공원 사무소는 설악산에서 온몸이 하얀 알비노 다람쥐가 발견되었다고 발표했다.

알비노가 뭐지?

알비노는 유전적으로 피부, 털, 눈 등에 멜라닌 색소가 부족하거나 빠진 비정상적인 개체를 말한다.

▲ 설악산 국립 공원에서 발견된 알비노 다람쥐

알비노 다람쥐가 나타난 것을 왜 발표했을까?

다람쥐는 하얗게 태어나는 경우도 거의 없지만, 태어난다 해도 하얀 몸 색깔 때문에 천적에게 노출되기 쉬워 살아남기 어렵다. 알비노 다람쥐가 나타난 것을 공개적으로 발표한 것은 알비노 다람쥐가 워낙 희귀하기 때문에 특별히 보호하고 관찰하기 위해서이다.

예전에도 발견된 적이 있었나?

지난 2017년 지리산 국립 공원에서 하얀 오소리가 발견된 적이 있다.

나의 생각

우리나라에서는 예부터 하얀 동물이 나타나면 좋은 징조로 여겼다. 흰 알비노 다람쥐가 나타났으니, 앞으로 무슨 좋은 일이 생길지 궁금하다.

※ **멜라닌**: 동물의 조직에 있는 검은색이나 흑갈색의 색소. 양에 따라 머리카락 등의 색깔이 결정된다.

🐰 비판력 **1. 이 글은 어떤 사건에 대해 조사한 기사 수첩입니다. 다음 내용 중 기사문에 들어갈 수 <u>없는</u> 것은 어느 것인가요? (   )**

① 지난 2017년에 하얀 오소리가 발견된 적이 있다.

② 설악산에서 온몸이 하얀 알비노 다람쥐가 발견되었다.

③ 설악산 국립 공원 사무소에서 알비노 다람쥐의 출현을 알렸다.

④ 알비노 다람쥐가 나타났으니 우리나라에 좋은 일이 생길 것이다.

⑤ 알비노란 유전적으로 피부나 털 등에 색소가 생기지 않는 현상이다.

🐰 추리력 **2. 알비노는 유전적인 결함 때문에 생깁니다. 다음 중 유전에 관한 설명으로 알맞지 <u>않은</u> 것은 무엇인가요? (   )**

① 혈액형은 부모로부터 유전된다.

② 유전자에 변화가 생길 수도 있다.

③ 자식이 부모를 닮은 것은 유전 때문이 아니다.

④ 유전은 유전 물질을 가지고 있는 유전자에 의해서 결정된다.

⑤ 피부색과 같은 어버이의 형질이 자손에게 전해지는 것을 유전이라고 한다.

🐰 논술 **3. 다음은 기사 수첩을 토대로 작성한 기사문의 앞부분입니다. 내용에 알맞게 빈칸을 채워서 기사문을 완성해 보세요.**

온몸이 하얀 다람쥐가 나타나다

2018년 10월 4일, 설악산 국립 공원 사무소는 (1) ....

.... 발표했다.

알비노는 (2) ....

.... 를 말한다.

다람쥐는 하얗게 태어나는 경우가 거의 없지만, 태어난다 해도 몸 색깔 때문에 천적에게 노출되기 쉬워 살아남기 어렵다. 지난 2017년에도 지리산 국립 공원에서 (3) .... 가 발견된 적이 있다.

4주 2일
학습 끝!

붙임 딱지 붙여요

훈훈한 학생의 마음

1. 이 만화를 기사문으로 바꾸기 위해 육하원칙으로 정리하였습니다. 다음의 빈칸에 들어갈 알맞은 말을 찾아 써 보세요.

누가	(1)
언제	7월 24일
어디서	(2)
무엇을	(3)
어떻게	가방을 잃어버린 사람에게 직접 전화를 걸어 돌려주었다.
왜	가방을 잃어버린 사람이 고생할까 봐

2. 다음 중 화폐의 기능에 대해 알맞게 말한 친구는 누구인가요? (   )

① 상품의 가치를 가격으로 표시해 주는 교환의 기능이 있어.

② 필요한 물건과 화폐를 교환할 수 있는 가치 척도의 기능이 있어.

③ 물건을 팔아 화폐로 가지고 있는 저장의 기능이 있어.

3. 다음은 위에서 정리한 육하원칙을 토대로 기사문을 쓴 것입니다. 빈칸에 들어갈 알맞은 말을 써넣어 기사문을 완성해 보세요.

제목: (1) ....

(2) .... 화제가 되고 있다.

7월 24일 이은수 군은 서울역 앞 벤치에서 (3) .... 을 발견했다. 가방 안에는 연락처가 적힌 수첩과 돈이 가득 들어 있었고, 이 군은 (4) ....

....

가방 주인은 고마운 마음에 이 사실을 경찰에 알렸으며, 경찰은 이 군에게 (5) ....

.... 이 군은 "기특한 일을 했다."는 경찰의 칭찬에

(6) " .... "(이)라고 말했다.

사라진 곶감과 깨진 벼루

옛날 어느 마을에 서당이 있었어. 그곳 훈장님은 글을 가르치다가 입이 궁금하면 아이들 몰래 벽장에서 곶감을 하나씩 꺼내 먹었지.

"훈장님, 잡수시는 게 뭐예요?"

"이건 아이들이 먹으면 죽는 것이란다."

아이들의 질문에 훈장님은 거짓말로 둘러댔어. 사실대로 말했다가는 아이들이 달라고 조를 게 뻔했거든. 하지만 아이들은 그게 곶감인 줄 다 알고 있었어.

그러던 어느 날 훈장님이 서당을 잠시 비우게 됐어. 아이들은 그 틈에 냉큼 벽장에서 곶감을 꺼내 먹었어. 그런데 먹다 보니 다 먹고 말았네!

"이거 훈장님께 크게 혼나겠구나. 어쩌지?"

그때 한 아이가 꾀를 냈어. 훈장님이 아끼시는 벼루를 집어서 댓돌에 냅다 던져 깬 거야. 서당으로 돌아온 훈장님은 없어진 곶감과 깨진 벼루를 보고 벼락같이 화를 냈지. 그러자 벼루를 깬 아이가 앞으로 나서며 말했어.

"아끼시는 벼루를 깬 것은 죽을죄가 틀림없습니다. 그래서 죽으려고 훈장님의 곶감을 다 먹었어요."

그 말을 들은 훈장님은 모든 사정을 알아채고 허허 웃었어. 그리고 영특한 아이들에게 욕심부린 걸 사과했대.

분석력 1. 이 글에서 일어난 중심 사건으로 알맞은 것은 무엇인가요? (   )

① 훈장님이 벼루를 깬 사건

② 아이들이 곶감을 먹고 죽은 사건

③ 아이들이 벽장에 곶감을 숨긴 사건

④ 아이들이 훈장님께 곶감을 달라고 조른 사건

⑤ 아이들이 곶감을 먹은 뒤 훈장님의 벼루를 깬 사건

추리력 2. 벼루는 옛사람들이 사용하던 문방 도구입니다. 다음 중 옛사람들이 사용하던 물건의 사용 용도로 알맞지 <u>않은</u> 것은 무엇인가요? (   )

①
곡식을 가는 데
쓰는 도구

②
곡식을 빻는 데
쓰는 도구

③
다듬이질을 할 때
쓰는 도구

④
짐을 운반하는 데
쓰는 도구

논술 3. 다음은 이 글의 사건을 중심으로 쓴 기사문의 일부입니다. 빈칸에 들어갈 알맞은 말을 써넣어 기사문을 완성해 보세요.

마을 서당에서 (1)

_____ 사건이 일어났다. 그동안 훈장님은

벽장에 곶감을 몰래 숨겨 놓고 먹으며 아이들에게는 먹으면 죽는 것이라고 둘러댔다. 훈장님이

자리를 비운 사이에 곶감을 다 먹은 아이들은 (2)

_____

_____

아이들의 꾀에 훈장님은 허허 웃으며 욕심부린 것을 도리어 사과했다고 한다.

비행기를 발명한 라이트 형제

"새처럼 하늘을 날 수 있다면 얼마나 좋을까?"

하늘을 나는 것은 인류의 오랜 소망이었어요. 사람들은 거대한 풍선과 같은 기구, 새의 날개를 본뜬 글라이더를 만들어 하늘을 날기도 했지요. 하지만 기구와 글라이더는 바람의 영향을 많이 받았어요. 방향을 자유롭게 바꾸거나 먼 거리를 날아가기가 어려웠지요.

"우리가 자유롭게 날 수 있는 기계를 만들어 보자."

형 윌버 라이트와 동생 오빌 라이트는 오랜 시간 실험을 거듭하며 비행기를 만들기 시작했어요.

1903년 12월 17일, 라이트 형제는 미국 노스캐롤라이나주 키티호크 해변에서 동력 비행기인 플라이어호 비행 실험에 나섰어요.

'과연 바람 없이도 날 수 있을까?'

사람들은 숨을 죽이며 플라이어호를 지켜보았어요.

그 순간 플라이어호가 요란한 소리를 내며 날아올랐어요. 플라이어호는 첫 비행에서 12초 동안 약 36미터, 두 번째 비행에서는 59초 동안 약 243미터를 날았지요. 라이트 형제가 인류 최초로 동력을 이용한 비행기를 만드는 데 성공한 거예요.

※ **동력**: 열, 물, 바람, 전기 등을 이용하여 기계를 움직이는 힘.

1. 이 글의 내용으로 알맞은 것은 무엇인가요? (   )

① 인류의 오랜 소망　　　　　② 새와 비행기의 관계
③ 라이트 형제의 우애　　　　④ 비행기와 바람의 영향
⑤ 라이트 형제의 비행기 발명

 2. 비행기의 발명이 우리 생활에 끼친 영향으로 알맞은 것을 모두 고르세요.

(　　　　　　)

① 여행이 편리해졌다.
② 대기 오염이 줄어들었다.
③ 석유 고갈 문제가 해결되었다.
④ 나라 간 이동 시간이 보다 단축되었다.
⑤ 물건을 빠르게 실어 나를 수 있게 되었다.

3. 다음은 이 글을 바탕으로 쓴 기사문입니다. 빈칸에 들어갈 알맞은 말을 써넣어 기사문을 완성해 보세요.

제목: (1)

인류 최초로 동력을 이용해 하늘을 나는 데 성공

1903년 12월 17일, 미국 노스캐롤라이나주 키티호크 해변에서

(2) _____ 성공했다.

플라이어호는 첫 비행에서 (3) _____

_____

플라이어호는 동력을 이용해 날기 때문에 기구나 글라이더와 달리 바람이 없어도 날 수 있다. 라이트 형제는 그동안 비행기를 만들기 위해 오랜 시간 실험을 거듭했다고 한다. 비행기의 발명으로 자유롭게 하늘을 날겠다는 인류의 오랜 소망이 이루어진 셈이다.

4주 3일
학습 끝!

붙임 딱지 붙여요.

04 텔레비전 뉴스 기사 쓰기

○○구 단오 한마당 축제

행사일: 6월 3일

행사 시간: 오전 10시 ~ 오후 6시

행사 장소: ○○○○ 공원

행사 프로그램

- **체험 행사**: 창포물에 머리 감기, 수리취떡 만들기, 부채에 그림 그리기
- **민속놀이**: 투호, 제기차기, 윷놀이
- **대　　회**: 어린이 씨름왕 선발 대회
- **기　　타**: 풍물패 공연

 1. 다음 명절에 대한 설명으로 알맞은 것을 골라 줄로 이으세요.

(1) 단오 •

(2) 정월 대보름 •

• ㉠ 음력 5월 5일. 수릿날이라고도 한다. 남자는 씨름을, 여자는 그네뛰기를 즐겼다.

• ㉡ 음력 1월 15일. 부럼을 깨고 귀밝이술과 오곡밥을 먹었으며, 쥐불놀이를 했다.

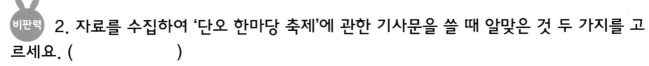 **2. 자료를 수집하여 '단오 한마당 축제'에 관한 기사문을 쓸 때 알맞은 것 두 가지를 고르세요. (   )**

① 설날에 열렸던 축제 자료를 조사해서 기사를 쓴다.
② '단오 한마당 축제'에 직접 참여해서 기사에 사용할 자료를 수집한다.
③ 축제에서 어떤 행사가 있었는지 정확하게 자료를 수집하여 기사를 쓴다.
④ 다른 기자가 쓴 기사를 그대로 사용하되, 내가 쓴 것처럼 이름만 바꾼다.
⑤ 기사에 사용할 사진은 다른 사람이 인터넷에서 올린 것을 그대로 가져다 쓴다.

3. 다음은 이 자료를 바탕으로 한 텔레비전 뉴스 기사입니다. 빈칸에 들어갈 알맞은 말을 써넣어 짜임을 완성해 보세요.

제목	단오 한마당 축제 열리다	
진행자의 소개	오늘은 우리나라 고유의 명절인 단옷날입니다. 단오를 맞아 축제를 연 곳이 있다고 합니다. ○○○ 기자가 그곳을 다녀왔습니다.	
기자의 보도	기자	단오 한마당 축제가 열리고 있는 서울 ○○구 ○○○○ 공원입니다. 행사장에서는 (1) _____ 같은 체험 행사와 어린이 씨름왕 선발 대회가 열려 주민들의 큰 호응을 얻었습니다.
	주민	(2)
	기자	주민들은 풍물패가 흥을 돋우는 가운데 (3) _____ 등의 민속놀이를 즐기며 즐거운 시간을 보냈습니다.
기자의 마무리 말	이번 행사는 지역 주민의 단합을 위해 마련한 자리라고 합니다. 우리 명절의 흥겨움과 정겨움을 체험할 수 있는 이런 자리가 계속 이어지길 바랍니다. ○○○ 뉴스 ○○○입니다.	

어린이 행복 지수

다음은 한국 어린이 행복 지수에 관한 통계 자료입니다.

- 조사 대상: 전국 초등학교 4~6학년 학생
- 응답 대상: 1427명
- 조사 방법: 설문 조사
- 조사 기간: 20○○년 ○○월 ○○일~20○○년 ○○월 ○○일
- 조사 기관: 한국 방정환 재단과 연세대 사회 발전 연구소

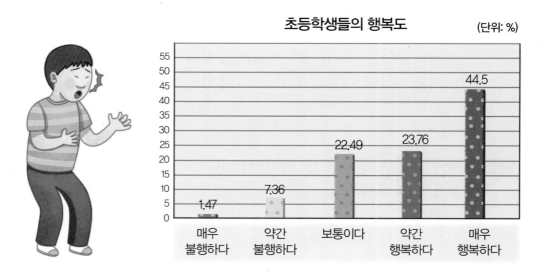

초등학생들의 행복도 (단위: %)

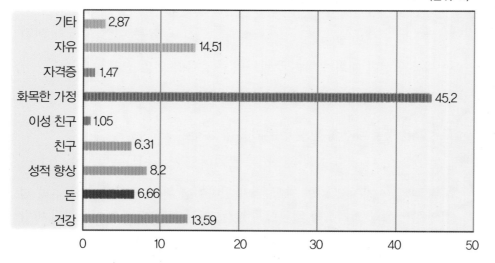

초등학생들이 생각하는 행복을 위해 필요한 것 (단위: %)

1. 다음은 통계 자료를 분석한 글입니다. 맞으면 ◯표를, 틀리면 ✕표를 하세요.

(1) 초등학생들이 행복하기 위해서는 가족 간의 관계는 중요하지 않다. (   )

(2) 초등학생들이 밝힌 자신의 행복도 응답률은 '매우 행복하다'가 44.5퍼센트, '약간 행복하다' 가 23.76퍼센트로 나타났다. (   )

(3) 초등학생들은 '행복하기 위해서 무엇이 가장 필요한가?'라는 질문에 대해서 45.2퍼센트가 '화목한 가정'이라고 응답하였다. (   )

2. 다음 중 통계에 대한 설명으로 알맞지 <u>않은</u> 것은 무엇인가요? (   )

① 통계에는 오류가 전혀 없다.

② 쉽게 알아볼 수 있도록 그래프로 나타내기도 한다.

③ 사회나 자연 현상을 정리·분석하는 수단으로 쓰이기도 한다.

④ 어떤 현상에 대해 조사한 집단의 반응을 알아보는 데 도움이 된다.

⑤ 어떤 현상을 한눈에 알아보기 쉽게 일정한 체계에 따라 숫자로 나타낸 것이다.

3. 다음은 통계 자료를 보고 정리한 텔레비전 뉴스 기사입니다. 빈칸에 들어갈 알맞은 말을 써넣어 짜임을 완성해 보세요.

제목	우리나라 어린이, 얼마나 행복할까?
진행자의 소개	우리나라 어린이는 자신이 얼마나 행복하다고 느낄까요? ◯◯◯ 기자가 초등학생이 느끼는 행복도에 대해 알아보았습니다.
기자의 보도	한국 어린이 행복 지수에 관한 통계 자료가 발표되었습니다. (1) .... 을 대상으로 설문 조사를 실시한 결과입니다. 초등학생들이 밝힌 행복도는 '행복하다'라는 응답률이 68.26퍼센트로, 절반이 넘는 학생이 행복하다고 생각하는 것으로 나타났습니다. 행복하기 위해 필요한 것으로는 가장 많은 학생이 (2) .... 을 꼽았습니다. (3) .... 과 .... 도 10퍼센트 넘는 지지를 받았습니다.
기자의 마무리 말	(4)

사회 시설, 장애인의 입장에서는 여전히 불편

장애인의 날을 맞아 우리 사회 곳곳의 시설을 장애인의 입장에서 점검해 보기로 했다.

현금 인출기는 높이가 높아서 휠체어에 앉으면 화면이 전혀 보이지 않는다.

당겨서 여는 유리문은 누군가 열어 줄 때까지 기다려야 한다.

이런 경사로는 장애인 혼자 오를 수 없다. 장애인을 생각하지 않고 형식적으로 만들어 놓은 것이다.

이 횡단보도에는 안내 방송이 나오지 않아 신호가 언제 바뀌는지 알 수 없다.

차량 금지 봉이 돌이나 나무로 설치된 경우 부딪혀 다치는 일이 많다.

장애인을 위한 시설물을 더 설치해 주면 좋겠습니다.

장애인을 위한 시설물이 늘었다고는 하지만 여전히 부족하고, 문제점도 많은 상황이다. 적극적인 개선이 필요한 시점이다.

1. 이 자료는 무엇에 대해 조사한 것인가요? (   )

① 장애인의 입장에서 본 자원봉사   ② 장애인의 입장에서 본 사회 시설
③ 장애인의 입장에서 본 교육 문제   ④ 장애인의 입장에서 본 안내 방송
⑤ 장애인의 입장에서 본 취업 문제

 2. 다음 장애인의 편의를 돕기 위해 만든 장치로 알맞은 것을 골라 줄로 이으세요.

(1) 시각 장애인 •   • ㉠ 전동 휠체어, 경사로

(2) 청각 장애인 •   • ㉡ 음성 인식기, 점자 블록

(3) 지체 장애인 •   • ㉢ 자막 방송, 초인등

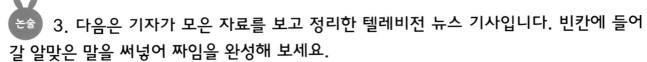 **3. 다음은 기자가 모은 자료를 보고 정리한 텔레비전 뉴스 기사입니다. 빈칸에 들어갈 알맞은 말을 써넣어 짜임을 완성해 보세요.**

제목	사회 시설, 장애인의 입장에서는 여전히 불편
진행자의 소개	장애인의 날을 맞아 우리 사회 곳곳의 시설을 장애인의 입장에서 점검해 보기로 했습니다. ○○○ 기자가 거리로 나갔습니다.
기자의 보도 — 기자	현금 인출기는 높이가 높아서 휠체어에 앉으면 화면이 전혀 보이지 않습니다. 당겨서 여는 유리문은 누군가 열어 줄 때까지 기다려야 합니다. (1)
기자의 보도 — 장애인	장애인을 위한 시설물을 더 설치해 주면 좋겠습니다.
기자의 마무리 말	(2)

4주 4일
학습 끝

붙임 딱지 붙여

✏️ 다음 보기 의 내용을 바탕으로 한 편의 기사문을 완성해 보세요.

보기   지난 5월 1일 이모의 결혼식을 축하해 주기 위해 일가친척들이 모두 예식장에 모였다.

┃ 보기 의 내용을 육하원칙에 맞게 정리해 보세요.

(1) 누가	
(2) 언제	
(3) 어디서	
(4) 무엇을	
(5) 어떻게	
(6) 왜	

2 다음 사진 자료와 위에서 정리한 내용을 바탕으로 기사문을 완성해 보세요.

차가 막혀 이모부가 될 신랑이 결혼식에 늦었다.
이모는 화가 많이 났다.
시간이 많이 늦어 결혼식은 매우 빠르게 진행됐다.

결혼 선포가 이루어지고 나서 결혼식 사회자가
신랑에게 신부를 안고 앉았다 일어서기를
열 번 하고 나서 만세를 외치라고 했다.
그런데 신랑이 신부를 안고 앉았다 일어서다
그만 우당탕 넘어지고 말았다.

○○일보　　　　　　　　　　　○○○○년 ○○월 ○○일 ○요일

(1) 제목 : ....

(2) 부제 : ....

▲ 결혼식에 늦은 신랑 때문에 화가 잔뜩 난 신부

지난 5월 1일, 이모의 결혼식에 참석하기 위해 일가친척들이 모두 예식장에 모였다. 한자리에 모인 가족들은 이모의 결혼을 기쁜 마음으로 축하해 주었다. 그러나 이모부가 되실 분이 결혼식에 늦는 바람에 이모는 화가 많이 나고 말았다. 시간이 많이 늦어 결혼식은 매우 빠르게 진행됐다.

(3) ....

....

....

....

....

▲ 신부를 안고 우당탕 넘어지는 신랑

....

....

신문 기사와 텔레비전 뉴스는 어떻게 전달할까요?

신문 기사와 텔레비전 뉴스는 사람들에게 중요한 소식과 유익한 정보를 전달해요. 기사를 쓰고 뉴스를 보도할 때는 몇 가지 주의할 점이 있어요. 어떤 것이 있는지 알아볼까요?

어떤 것을 전해야 할까요?

우리 주위에서는 날마다 많은 사건이 일어나고 새로운 정보들이 쏟아져 나와요. 그 가운데서 사람들에게 알릴 만한 가치가 있는 것을 선택하여 신문 기사를 쓰고, 텔레비전 뉴스를 보도해야 하지요. 가치 있는 기사를 선택하는 기준은 다음과 같아요.

먼저 최근에 일어난 사건이어야 해요. 또 사람들에게 영향을 끼칠 수 있는 사건, 유용한 정보, 사람들이 지리적이나 심리적으로 가깝게 느낄 수 있는 사건이나 정보를 선택해야 해요. 날마다 반복되지 않는 예외적인 정보나 사건, 사람들이 흥미를 느낄 수 있는 사건, 유명하고 권위 있는 사람의 정보나 그와 관련된 사건도 기사 내용이 된답니다.

어떻게 전달할까요?

신문 기사는 '제목, 부제, 요약문, 본문'으로 구성해요. 기사문을 쓸 때는 기본적으로 육하원칙에 맞추어서 써요. 육하원칙이란 '누가', '언제', '어디에서', '무엇을', '어떻게', '왜'에 대답하는 형식으로 소식을 알려 주는 거예요.

○○일보　　　○○○○년 ○○월 ○○일

벌레 잡아먹는 식물을 구경 가 볼까?

국내 최대 규모의 벌레잡이 식물 전시회 열려

서울시 ○○○ 공원에서 오는 9월 1일부터 30일까지 '벌레잡이 식물 전시회'가 열린다.

서울시 ○○○ 공원에서 오는 9월 한 달간 개최하는 이번 벌레잡이 식물 전시회에는 파리지옥과 끈끈이주걱, 코브라 뱀을 닮은 달링토니아 등 다양한 벌레잡이 식물이 전시된다.

제목: 호기심을 끌 수 있는 문구나 전체의 내용을 짐작할 수 있는 문구

부제: 제목의 내용을 보충하는 문구

요약문: 본문의 사실을 요약한 글

본문: 기사 내용을 자세하게 쓴 중심 글

텔레비전 뉴스는 진행자와 기자가 직접 말을 하고, 생생한 자료 화면으로 정보를 전달해요. '제목, 진행자의 말, 기자의 보도, 기자의 마무리 말'로 구성하지요.

전국 피서지는 쓰레기로 몸살

요즘 전국의 피서지마다 쓰레기로 몸살을 앓고 있습니다. ○○○ 기자의 보도입니다.

더위를 피해 산과 계곡, 바다를 찾는 사람들이 늘고 있습니다. 그런데 사람들이 다녀간 자리에는 어김없이 쓰레기가 가득합니다. 제가 있는 이곳 ○○ 해수욕장만 해도 하루 평균 나오는 쓰레기의 양이 무려 1톤 트럭 두 대 분량에 달합니다.

여름마다 피서지는 거대한 쓰레기장으로 변합니다. 성숙한 시민 의식이 절실히 필요합니다. ○○○ 뉴스 ○○○입니다.

제목: 진행자가 소개말을 할 때 자막으로 제시

진행자의 소개: 기자의 보도 내용을 요약

기자의 보도: 사건이나 정보에 대한 시각 자료, 전문가나 시민의 인터뷰 등을 제시

기자의 마무리 말: 뉴스의 내용을 정리하는 마무리 말

전달할 때 주의할 점은 무엇일까요?

- 정확한 사실을 전달해야 해요. 이때 육하원칙에 따라 전달하면 좋아요.
- 객관적이고 공정해야 해요. 주관적인 표현이나 의견은 삼가야 하지요.
- 이해하기 쉬운 문장과 말로 간결하게 전해요. 전문 용어는 해설을 섞어 풀어 주어요.
- 내용을 이해하기 쉽도록 사진, 그림, 통계 자료 등을 넣어 주어요.
- 자료를 넣을 때는 저작권을 침해하는 일이 없어야 해요. 사진이나 그림, 음악과 같은 저작물을 쓸 때는 저작권자에게 허락을 받고 출처를 꼭 밝혀야 해요.

✏️ 신문 기사나 뉴스에 사진, 영상 같은 자료를 쓸 때는 어떻게 해야 하는지 쓰세요.

학교에서 있었던 일로 기사문 쓰기

요즘 여러분의 학교와 반에 어떤 일이 있었나요? 주요 사건을 한 가지 골라서 보기 와 같이 육하원칙에 맞게 내용을 정리한 뒤, 기사문을 써 보세요.

보기
- 누가: 5학년 2반과 5학년 3반 친구들이
- 언제: 6월 21일
- 어디에서: 학교 운동장에서
- 무엇을: 축구 시합을
- 어떻게: 치열한 경기를 펼친 끝에 3 대 2로 2반이 3반을 이겼다.
- 왜: 축구 실력을 겨루고 함께 어울리기 위해

2반과 3반의 축구 시합, 그 결과는?

　지난 6월 21일에 학교 운동장에서 5학년 2반과 3반의 축구 시합이 있었다. 이 축구 시합은 두 반 아이들이 축구 실력을 겨루고 함께 어울리기 위해 마련한 자리였다.

　치열한 경기를 펼친 끝에 종료 시간 5분 전 2반 선수가 결승 골을 넣었다. 경기는 3 대 2로 2반의 승리로 끝났다.

　경기가 끝난 뒤, 두 반 아이들은 사이좋게 악수를 나누고 헤어졌다. 이 축구 시합을 계기로 두 반 아이들이 더욱 가까워질 것을 기대한다.

4주
학습 끝!

확인할 내용	잘함	보통임	부족함
1. 이번 주 학습을 5일(월요일~금요일) 안에 끝마쳤나요?			
2. 기사문의 특징을 잘 이해하였나요?			
3. 텔레비전 뉴스의 특징을 잘 이해하였나요?			
4. 기사문 쓰기를 잘할 수 있나요?			

(1) 누가: ....

(2) 언제: ....

(3) 어디서: ....

(4) 무엇을: ....

(5) 어떻게: ....

(6) 왜: ....

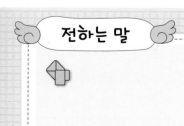

(7) 제목: ....

(8) ....

....

....

....

....

....

....

전하는 말 ....

1주 탈무드로 만나는 경제

1주 11쪽 · 생각 톡톡

유대인

1주 13쪽

1 ⑤   2 ③   3 예 일을 통해 생활에 필요한 소득을 얻을 수 있다. 또 맡은 일을 해내는 과정에서 성취감과 보람을 느낄 수 있다.

2 옥수수는 줄기가 땅으로부터 위를 향해 곧게 자랍니다.

3 여러분이 일을 했던 경험과 일을 한 뒤 무엇을 얻었는지 떠올려 봅니다. 일을 통해 사람들은 소득, 성취감, 보람 등을 얻을 수 있습니다.

1주 15쪽

1 ⑤   2 ①, ③, ④   3 예 한가롭게 포도밭을 거닐고 있는 일꾼의 모습을 보며 부럽다는 생각을 했을 것이다. 또 한편으로는 왜 일을 하지 않고 왕과 다니는지, 어떤 이야기를 나누고 있는지 궁금해했을 것이다.

1 '볼멘소리'란 화가 나거나 서운해서 퉁명스럽게 하는 말투를 뜻합니다.

2 경제에서는 일을 노동, 일꾼을 근로자, 품삯을 임금이라고 합니다. 기업가는 기업을 운영하는 사람이고, 서비스는 운송, 의료, 교육 등 사람에게 편리함을 주는 것을 상품으로 하여 판매하는 행위를 말합니다.

3 자신이 왕의 포도밭에서 일하는 일꾼이라고 상상해 봅니다.

1주 17쪽

1 ④   2 ③   3 예 나는 왕의 행동이 옳다고 생각한다. 솜씨 좋은 일꾼이 다른 일꾼들보다 더 많은 일을 했는데도 품삯을 적게 받는다면 그것이야말로 불공평한 일이다.

2 과학 기술이 발전하면서 사람들이 일하는 모습은 변하고 있습니다. 예를 들어 예전에는 소나 말을 이용해 농사를 지었지만, 요즘은 기계를 많이 이용합니다.

3 다른 일꾼들은 일을 한 시간이 중요하다고 생각하였고, 왕은 일을 한 양이 중요하다고 생각하였습니다. 과연 어느 것이 더 중요할지 생각해 써 봅니다.

1주 19쪽

1 ④   2 ②   3 예 도시에서는 구하기 쉽지만 다른 곳에서는 구하기 힘든 물건을 산 다음, 이곳저곳을 돌아다니며 팔겠다. 사람들에게 꼭 필요하지만 구하기 어려운 물건이라면 값을 더 많이 받을 수 있고, 값을 많이 받으면 그만큼 이익이 많이 남기 때문이다.

2 시장은 열리는 시기에 따라 정기 시장, 상설 시장 등으로 나눌 수 있습니다. 농산물 시장, 의류 시장은 파는 물건에 따라 분류한 것입니다.

3 상인의 입장이 되어 더 많은 이익을 남길 수 있는 방법을 생각해 봅니다. 어떤 물건을 누구에게 팔지, 가격은 어떻게 매길지 등을 따져 보는 것이 좋습니다.

2 조개껍데기와 쌀, 소금은 물품 화폐입니다. 또 화폐는 '물품 화폐, 금속 화폐, 지폐, 신용 화폐'의 순으로 발달되어 왔습니다.

3 영감이 어떤 잘못을 저질렀는지, 또 앞으로 어떻게 행동했으면 좋겠는지를 생각한 다음 영감에게 해 주고 싶은 말을 써 봅니다.

1주 21쪽

1 ② **2** ③ **3** 예 집 벽에 구멍이 뚫려 있었지만, 그것만으로 돈을 그 집 주인이 가져갔다고 주장하기에는 증거가 부족하다. 그러므로 무작정 그 집 주인에게 돈을 내놓으라고 하기보다는 현명한 방법을 찾아보는 것이 좋다. 아무런 증거도 없이 따졌다가는 돈을 찾기가 더 어려워질 수 있기 때문이다.

2 물건은 많은데 사려는 사람이 적으면 가격이 내려갑니다.

3 상인이 다짜고짜 그 집 주인에게 훔쳐 간 돈을 내놓으라고 따졌을 경우 어떤 일이 일어나게 될지 생각해 써 봅니다.

1주 25쪽

1 ⑤ **2** ④ **3** 예 영감이 스스로 훔쳐 간 돈을 제자리에 갖다 놓게 한 점이 놀랍다. 다툼을 벌이지 않고 돈을 고스란히 되찾을 수 있었으므로 참 지혜로운 방법이라고 생각한다.

2 벽란도는 고려 시대의 국제적인 무역항입니다. 또한 우리나라가 '코리아'라는 이름으로 불리게 된 것도 아라비아 상인들이 '고려'라는 이름을 서양에 전했기 때문입니다.

3 상인이 잃어버린 돈을 되찾기 위해 사용한 방법과 그 방법을 사용했을 때 어떤 일이 일어나게 될지 되짚어 봅니다.

1주 23쪽

1 ④ **2** (1) X (2) ○ (3) ○ (4) X **3** 예 돈을 훔친 것도 잘못인데, 그걸 끝까지 숨기다니 뻔뻔하다는 생각이 들어요. 잘못을 솔직하게 털어놓는 일이 쉽지 않겠지만 돈을 잃어버린 사람의 마음을 생각해 보세요. 어서 상인에게 잘못을 고백하고 진심으로 용서를 비세요.

1주 27쪽

1 ④ **2** ①, ② **3** 예 나는 크리스마스 때 불우 이웃을 돕기 위해 구세군 냄비에 돈을 넣은 적이 있다. 또 아프리카 친구들을 돕기 위해 몇 년 동안 모은 저금통을 내놓은 적이 있다. 그 일을 한 뒤 마음이 행복해지는 것을 느꼈다. 왜냐하면 비록 큰돈은 아니지만 나의 조그만 정성이 누군가에게 도움이 될 수 있다는 것을 깨달았기 때문이다.

2 2차 산업은 1차 산업에서 얻은 생산물을 가공하는 산업으로, 광업, 제조업, 건설업 등이 있습니다. 3차 산업은 금융업, 관광업, 운수업처럼 생활에 편리함이나 만족을 제공하는 산업을 말합니다.

3 어려운 사람을 도와주었던 경험을 떠올려 봅니다. 누군가를 돕는 방법에는 물질적인 것만 있지는 것이 아닙니다. 슬픔에 빠진 친구에게 위로의 말을 해 주거나 노인에게 자리를 양보하는 것도 도움을 주는 방법입니다.

1주 29쪽

1 ② **2** 이자 **3** 예 부자였던 농부가 가난해진 것은 안타깝지만 빌려준 돈을 받는 것은 당연한 일이므로 꼭 나쁘다고 말할 수 없다. / 농부에게는 어려운 일들이 연이어 닥쳤으므로 돈을 빌려준 사람들이 농부의 상황을 헤아려 주었어야 한다. 형편을 뻔히 알면서도 당장 돈을 갚으라고 한 것은 배려가 부족한 행동이라고 생각한다.

2 이자는 돈을 빌리는 대가로 지불해야 하는 돈입니다. 은행에서는 개인이나 기업에게 대출을 해 주고 이자를 받으며, 돈을 맡긴 예금자에게는 이자를 지급하기도 합니다.

3 농부의 입장과 돈을 빌려준 사람들의 입장이 되어 생각을 써 봅니다.

1주 31쪽

1 ① **2** ① **3** 예 갑자기 형편이 어려워져서 힘드시죠? 그래도 희망을 잃지 마세요. 힘든 고비가 지나면 앞으로는 좋은 일만 생길 거예요.

2 '경제 호황'이란 경제가 어려움 없이 크게 일어나는 경우에 쓰는 말입니다. 반대의 말은 '경제 불황'입니다. 1997년 외환 위기 때는 경제 불황으로 많은 기업들이 문을 닫았습니다.

3 어려움을 겪고 있는 농부의 입장이 되어 어떤 말이 위로가 될지 생각하여 써 봅니다.

1주 33쪽

1 ② **2** (1) ⓒ (2) ㉠ (3) ⓒ **3** 예 자신도 형편이 어려운 상황에서 다른 사람을 도와주는 일은 쉽지 않다. 항상 남을 더 생각하고 나눔을 실천하는 농부가 대단하다고 생각한다.

1 ①의 '손'은 '관계'를, 보기 와 ②는 '사람의 좌우쪽 팔 끝에 있어서 물건을 만지고 붙잡고 하는 부분'을 뜻합니다. 또 ③의 '손'은 '일손', '노동력'을, ④의 '손'은 '고등어를 세는 단위'를, ⑤의 '손'은 '주인을 찾아온 사람'을 뜻합니다.

3 여러분이 농부라면 그렇게 행동할 수 있었을지 생각해 봅니다. 그리고 농부의 어떤 점이 본받을 만한 점인지 써 봅니다.

1주 35쪽

1 ④ **2** (1) ⓒ (2) ⓒ (3) ㉠ **3** 예 사회는 나 혼자가 아닌 여러 사람이 함께 어울려서 살아가는 곳이다. 자선을 베풀면 우리가 살아가는 세상을 더 행복하고 따뜻한 곳으로 만들 수 있다.

3 우리 주변에서 가난하게 사는 이웃을 떠올려 봅니다. 그리고 그 사람들을 도왔을 때 어떤 점이 좋을지 생각해 여러분의 의견을 써 봅니다.

1주 36~37쪽 **되돌아봐요**

1 (1) ◯ (2) X (3) ◯ (4) X (5) X　**2** 3, 2, 4, 5
3 (1) ㉢ (2) ㉡ (3) ㉣ (4) ㉠　**4** 예 나는 얼마나 정성껏 일하였느냐를 중요하게 여기겠다. 예를 들어 밭에 심은 채소를 수확할 때 빨리 일을 마치려고 대충대충 일하면 농작물에 흠이 나고, 상품 가치도 떨어진다. 그러므로 일꾼이 일을 할 때 얼마나 정성껏 하였는지를 따져 보아서 품삯을 나누어 줄 것이다.

2 이야기를 꼼꼼히 읽어 보고 일이 일어난 순서를 정리해 봅니다.

4 일에 대한 평가 기준은 사람들마다 다를 수 있습니다. 여러분이 생각하는 공정하고 바른 기준을 써 봅니다.

1주 39쪽 **궁금해요**

예 돈이 있어야 음식이나 생활에 필요한 물건을 살 수 있으며, 남에게 도움도 줄 수 있다고 생각한다.

● 돈의 필요성에 대한 여러분의 생각을 써 봅니다.

1주 41쪽 **내가 할래요**

예 오늘 "탈무드"에서 '자선을 베푼 사람'이라는 이야기를 읽었다. 이 이야기에 나오는 농부는 항상 어려운 사람을 먼저 생각한다. 책을 읽으며 나라면 어떻게 했을까 생각을 해 보았다. 내가 농부의 상황이었다면 랍비들에게 아무것도 줄 수 없었을 것이다. 하지만 농부의 행동을 보니 내 생각이 잘못되었다는 것을 깨달았다. 기부는 남는 돈으로 하는 것이 아니라 내가 가진 것을 아껴 쓰고 열심히 모은 돈으로 하는 것이다. 오늘부터 용돈을 아껴 불우 이웃 돕기에 써야겠다.

● 일기는 하루 동안 내가 한 일을 되돌아보고 반성을 하며 쓰는 글입니다. 글을 읽은 느낌을 자신의 경험과 관련지어 써 봅니다.

2주 **나눔을 실천한 기업가 유일한**

2주 43쪽 **생각 톡톡**

제약 회사

2주 45쪽

1 ⑤　**2** ③　**3** 예 피부색이 다르다고 해서 차별하는 행동은 옳지 않다. 상대를 배려하는 마음을 가지고 따뜻하게 대해 주어야 한다고 생각한다.

2 아마존 숲은 남아메리카에 있습니다.

3 유일한의 입장이 되어 똑같은 처지에 놓였다고 생각해 봅니다. 또 여러분은 자신과 처한 입장이 다르기 때문에 친구를 무시하거나 놀려 댔던 적은 없는지 떠올려 봅니다.

2주 47쪽

> 1 ②　2 ③　3 **예** 나라면 집으로 돌아갔을 것이다. 집안 형편이 조금 나아지면 그때 다시 미국으로 돌아와서 학업을 마쳐도 되기 때문이다.

2 기업의 주식을 사고파는 일을 하는 곳은 증권 회사입니다.

3 당장 집으로 돌아가 가족을 돌볼 수도 있고, 집으로 돌아가지 않고 능력을 길러서 훗날 가족에게 더 큰 도움을 줄 수도 있습니다. 각 경우의 장단점에 대해 생각해 봅니다.

2주 49쪽

> 1 ①　2 ②　3 **예** 나는 반려동물 용품을 팔면 성공할 수 있다고 생각한다. 내가 동물을 무척 좋아하므로 즐거운 마음으로 물건을 팔 수 있을 것이다. 또 미래에는 의학의 발달로 평균 수명이 늘어나 노인 인구가 증가하고 혼자 사는 사람들도 늘어날 것이다. 노인이나 혼자 사는 사람들은 외로움을 달래기 위해 반려동물을 기르는 경우가 많으므로 반려동물 용품을 팔면 성공할 수 있을 것이다.

2 우리나라는 삼국 시대부터 이웃 나라와 무역을 했습니다.

3 장사를 하는 목적은 이윤을 남기기 위해서입니다. 사람들이 어떤 것을 필요로 하고, 여러분이 관심 있어 하는 것은 무엇인지 생각해 봅니다.

2주 51쪽

> 1 ④　2 ②　3 **예** 몇 년 전 처음 수영을 배울 때 힘들었지만 끝까지 포기하지 않고 열심히 연습하였더니 이제는 자유영, 배영, 평영, 접영을 모두 잘할 수 있게 되었다.

2 통조림은 1804년 아페르가 최초로 만들었습니다. 처음에는 음식물을 가공하여 병에 넣어 상하지 않도록 밀봉한 형태였다가 1810년 듀랜드가 깡통으로 된 용기를 개발하며 더욱 큰 인기를 얻었습니다.

3 어려웠지만 포기하지 않고 끝까지 해낸 경험을 떠올려 봅니다. 여러분을 힘들게 했던 일은 무엇인지, 그 일을 어떻게 해결했는지 생각해 봅니다.

2주 53쪽

> 1 (1) ○ (2) X (3) ○ (4) ○　2 ②　3 **예** 한창 잘되는 사업을 그만두고 고국으로 돌아갈 결심을 하는 것은 쉬운 일이 아니다. 그만큼 나라를 사랑하는 마음이 있었기 때문에 가능한 일이라고 생각한다.

2 일본은 민족 문화 말살 정책의 하나로 우리말을 쓰는 것을 금지하였으며 일본어를 쓰라고 강요했습니다.

3 여러분이라면 장사로 큰 성공을 거두고 있는 상황에서 그만둘 수 있을지 생각해 봅니다. 또 왜 유일한이 고국으로 돌아가 고통받는 우리나라 사람들을 위해 일하겠다는 결심을 하게 되었을지 함께 생각해 봅니다.

2주 55쪽

1 ②, ④, ⑤ 2 ③ 3 **예** 만약 영양소가 충분하다는 과대광고를 믿고 그 식품만 먹는다면 영양 부족으로 병이 날 수도 있다. 이처럼 소비자가 피해를 입을 수도 있기 때문에 과대광고는 옳지 않다고 생각한다.

2 소비는 만들어 낸 것을 쓰는 것을 뜻합니다. 기업은 물건을 생산합니다.

3 과대광고로 피해를 본 경험이 있는지 떠올려 봅니다. 또 기업가의 입장이 되어 과대광고를 하는 까닭은 무엇인지, 과대광고로 인해 결국 어떤 일이 벌어질지에 대해서도 생각해 봅니다.

2주 57쪽

1 ② 2 ③ 3 **예** 기업이 비용을 줄이기 위해 오염 물질을 땅속이나 하천 등에 몰래 버리는 일이 있다. 이런 경우 땅과 하천이 크게 오염되어 식물이나 동물, 심지어 사람들의 건강까지 위협받게 된다. / 더 큰 이익을 얻기 위해 값싼 유해 물질로 제품을 만드는 경우가 있다. 이런 경우 사람들의 생명을 위협하는 심각한 문제가 일어날 수 있다.

2 19세기 중반 영국과 중국이 아편 때문에 벌인 전쟁을 '아편 전쟁'이라고 합니다. 아편 때문에 전쟁까지 치렀지만 아편에 중독된 중국 사람들은 좀처럼 아편을 끊지 못했고, 영국은 교묘한 방법으로 오랫동안 중국 사람들에게 아편을 팔았습니다.

3 허위 광고나 과대광고를 내보내는 일은 사람들

을 속이는 일입니다. 약이나 음식 같은 경우에는 잘못된 정보로 인해 사람들이 위험에 처할 수도 있으니 정직한 내용으로 광고를 해야 합니다.

2주 59쪽

1 ① 2 ③ 3 **예** 사장이 직원들에게 주식을 나누어 주고 복지에도 신경 쓰면, 직원들은 더욱 책임감을 가지고 열심히 일할 것이다. 이렇게 되면 회사가 더욱 발전할 것이다.

2 주주들은 회사의 주식을 돈을 내고 삽니다. 그 대가로 회사는 주식을 산 사람들에게 이익을 나누어 줍니다.

3 여러분이 유한양행의 직원이라고 생각해 봅니다. 회사가 '내 것'이라고 했을 때 여러분의 마음가짐과 일하는 태도는 어떻게 달라질지 생각해 봅니다.

2주 61쪽

1 ④ 2 ① 3 **예** 대통령이 요구한 정치 자금을 거절한 유일한의 행동이 옳다고 생각한다. 대통령의 요구를 거절하면 여러 가지 불이익이 생길 수 있기 때문에 웬만한 용기가 아니라면 거절할 수 없었을 것이다. 하지만 유일한은 옳지 않은 일이라 생각하고 타협하지 않았다. 유일한의 이런 행동은 올바르면서도 용기 있는 행동이라고 생각한다.

2 우리나라 국민은 누구나 다 세금을 냅니다. 우리가 사는 물건에는 미리 세금이 포함되어 있습니다. 어린이라도 그 물건을 사면 세금을 내는 것입니다.

143

3 대통령이 여러분에게 정치 자금을 부탁했을 때 과연 유일한처럼 행동할 수 있을지 생각해 봅니다. 그리고 대통령의 요구 사항이 과연 타당한지도 따져 봅니다.

2주 63쪽

1 ③ **2** ① **3** 예 나는 장애인을 돕기 위한 사업을 해 보고 싶다. 장애인들에게 필요한 장비를 개발하는 일에 돈을 투자해서, 장애인들이 지금보다 더 편리하게 생활하도록 도와주고 싶다.

3 유일한은 돈이 없어 공부를 포기해야 하는 사람들을 위해 교육 사업을 하였습니다. 여러분의 도움의 손길을 필요로 하는 분야는 무엇인지 생각해 봅니다.

2주 65쪽

1 ② **2** (1) ○ (2) ○ (3) ○ (4) X **3** 예 나는 가정을 가장 중요하게 생각한다. 가정이 편안해야 회사에서 일도 잘할 수 있기 때문이다. 나아가 내가 회사에서 일을 열심히 하면 기업이 발전하고, 그러면 국가도 발전할 수 있다고 생각한다.

2 생산과 판매, 서비스 등으로 이윤을 얻는 조직은 기업입니다.

3 가정과 기업, 교육, 국가는 모두 다 우리에게 소중합니다. 가정을 떠나 나라를 위해 일생을 바친 독립운동가도 있고, 돈을 벌어 교육 사업에 모두 기부한 사람도 있습니다. 여러분에게는 어떤 것이 가장 소중한지 생각해 봅니다.

2주 67쪽

1 ⑤ **2** ④ **3** 예 평생 힘들게 번 돈을 가족이 아닌 사회에 내놓는 모습에 깜짝 놀랐고, 유일한을 통해 진정한 나눔이 무엇인지 생각하게 되었다.

2 1997년 말, 우리나라 경제는 외환 위기를 맞았습니다. 외환이란 필요할 때 사용할 수 있도록 나라가 가지고 있는 외국 돈인데, 그 돈이 바닥난 것입니다. 그래서 정부는 국제 통화 기금(IMF)에서 돈을 빌렸고, 이후 가계와 기업, 정부가 힘을 모아 노력한 끝에 경제적 위기를 극복하였습니다.

3 기업가인 유일한이 자신의 재산을 모두 사회에 기부한 행동에 대해 생각해 봅니다.

2주 68~69쪽　되돌아봐요

1 (1) ⓒ (2) ⓒ (3) ㉠ **2** ④, ②, ①, ③ **3** (1) ○ (2) X (3) ○ (4) ○ (5) X (6) X (7) ○ (8) ○ **4** (1) 겨우 (2) 불티나게 (3) 참담한 (4) 생각 끝에 **5** 예 기업이 이익만 생각해서 잘못된 방법으로 물건을 팔면 소비자들은 금전적으로나 건강상으로 피해를 입게 된다. 따라서 기업은 당장 눈앞의 이익만을 좇아 기업을 운영해서는 안 된다. 반대로 정직하고 깨끗하게 기업을 운영하면 소비자로부터 신뢰를 받아 회사에도 더 큰 이익을 가져다준다. 그리고 회사에서 일하는 사람들도 자부심을 가지기 때문에 생산성이 더 높아지게 된다.

2 일이 일어난 순서를 잘 정리해 봅니다. 중국인들에게 부채와 손수건, 비단, 양탄자 같은 물건을 팔고 라초이 식품 회사를 설립한 것은 미국 유학 시절에 한 일입니다. 유한양행과 유한공업 고등학교를 세운 것은 귀국해서 한 일입니다.

5 기업은 소비자에게 신뢰를 바탕으로 제품을 만들어 판매해야 합니다. 기업이 윤리적인 경영을 하지 않았을 때 일어날 일을 생각해 보고, 정직하게 운영해야 하는 까닭을 써 봅니다.

2주 71쪽	궁금해요

ㄱ 임금 ㄴ 정부

● '경제 주체'가 하는 일을 생각해 보면 ㄱ, ㄴ에 들어갈 알맞은 낱말을 찾을 수 있습니다.

2주 73쪽	내가 할래요

예 내가 일제 강점기에 태어났다면 식품 회사를 세우고 싶다. 일제 강점기 때에는 일본이 강제로 많은 식량을 빼앗아 갔다. 식량을 빼앗긴 가난한 사람들은 하루하루 먹고살기가 몹시 힘들었다고 한다. 그래서 나는 식품 회사를 세워 영양이 풍부한 음식을 가난한 사람들에게 저렴한 가격으로 공급하고 싶다. 또 그마저도 사 먹을 수 없는 사람들을 위해서는 무료 급식소를 세워 그 사람들이 굶주리는 일이 없도록 하겠다.

3주	재미있는 확률 이야기

3주 75쪽	생각 톡톡

확률

3주 77쪽

1 ① **2** 연우, 진희 **3** 예 외계인을 만날 확률을 알고 싶다. 나는 외계인이 있다고 믿고 있고, 언젠가는 꼭 만나 보고 싶다. 하지만 누나는 절대 불가능한 일이라고 한다. 과연 외계인을 만날 확률은 0퍼센트일까? 0퍼센트가 아니라면 확률이 얼마나 되는지 알아서 내 꿈이 불가능하지 않다는 것을 누나에게 증명해 보이고 싶다. / 우리 동네는 작년 여름 폭우로 인해 많은 피해를 입었다. 그래서 내가 사는 지역에 비가 내릴 확률을 알고 싶다. 비가 내릴 확률을 알면 미리 폭우에 대비해서 큰 피해가 생기는 것을 막을 수 있기 때문이다.

1 사람들은 일상생활에서 '확률'이라는 말을 자주 사용합니다.

3 여러분이 평상시에 알고 싶어 했던 확률은 무엇이고, 확률을 알았을 때 어떤 점이 좋을지 생각해 봅니다.

3주 79쪽

1 ㄱ 수학적 확률 ㄴ 통계적 확률 ㄷ 수학적 확률 **2** ②, ③ **3** 예 주사위를 던져서 3이 나올 확률을 구할 수 있다. 또 상자 안에 흰 바둑알 열 개와 검은 바둑알 열 개가 들어 있을 때, 상자 안에 손을 넣어 흰 바둑알을 꺼낼 확률을 구할 수 있다.

정답 및 해설

2 동전 한 개를 던졌을 때 앞면이 나올 확률은 $\frac{1}{2}$입니다.

3 일상생활에서 구할 수 있는 수학적 확률을 생각해 써 봅니다.

3주 81쪽

1(1)○(2)X(3)X(4)○ **2**③ **3**예 크리스마스에 눈이 내릴 확률을 구해 보고 싶다. / 칠석에는 늘 비가 온다는데, 통계적 확률을 구해 보고 싶다.

1 시행 횟수가 많으면 많을수록 통계적 확률은 수학적 확률에 가까워집니다.

2 ③의 '백분율'은 기준량을 100으로 볼 때 비교하는 양을 나타낸 수, ④의 '가분수'는 분자가 분모와 같거나 분모보다 큰 분수를 말합니다.

3 여러분이 평상시에 궁금했던 것들을 떠올려 봅니다. 통계적 확률은 실제 조사를 토대로 한다는 것도 기억합니다.

3주 83쪽

1①, ③ **2**② **3**예 동전 던지기 게임에 돈을 건 사람이 자신은 여태까지 한 번도 돈을 따지 못하고 잃기만 했으니, 다음번에는 꼭 돈을 딸 것이라고 생각하는 경우

1 확률에서 새로 일어난 사건은 이전에 일어난 사건과 상관이 없습니다.

2 보기 의 문장은 사람이 아닌 것을 사람에 빗대어 사람이 행동하는 것처럼 표현하였습니다. 이러한 표현 기법을 의인법이라고 합니다.

3 확률에서 새로 일어난 사건은 이전 사건과 상관이 없습니다. 이 점을 떠올려 확률에 대해 착각하는 경우를 써 봅니다.

3주 85쪽

1(1)○(2)X(3)○ **2**㉠0㉡1㉢0㉣1 **3**예 확률을 알면 앞으로의 일을 대비할 수 있어서 좋다. 예를 들어 내년 여름이 유난히 더울 확률이 높다는 것을 알면, 에어컨과 같은 냉방기를 만드는 회사에서는 생산량을 늘려 상품이 떨어지지 않도록 준비할 수 있다.

1 붉은색 구슬이 나올 확률은 $\frac{4}{10}$입니다.

2 초록색 구슬이 나올 확률과 붉은색 구슬이 나올 확률을 더한 결과를 생각해 봅니다.

3 확률은 우리의 일상생활뿐 아니라 산업과 경제, 정치 등 다양한 분야에서 미래를 대비하는 데 유용하게 쓰입니다.

3주 87쪽

1③ **2**④ **3**예 야외 활동에 대한 계획을 짤 때 도움이 된다. 예를 들어서 비가 많이 온다는 날씨 예보를 들으면 계곡물이 갑자기 불어날 수 있는 곳으로 물놀이를 가지 않을 것이다.

2 날씨 예보를 하는 과정은 '날씨 관측→기상 자료 수집→수집된 기상 자료의 처리, 분석→일기도 작성→날씨 예보'의 순서로 이루어집니다.

3 여러분이 어떤 경우에 날씨 예보에 관심을 갖는지 떠올려 봅니다. 아니면 날씨 예보를 주의 깊게 듣지 않아서 낭패를 본 기억이 있는지 떠올려 봅니다. 또 주위에서 날씨와 관련이 깊은 일은 무엇인지 써 봅니다.

3주 91쪽

1 ①, ③, ⑤ **2** (1) 병에 걸릴 확률이 낮다. (2) 보험료를 조금만 내도 된다. **3** 예 병원에 자주 가는 사람이나 자주 가지 않는 사람이나 똑같이 보험료를 내는 것은 공평하지 못하다고 생각한다. 따라서 보험료는 사람마다 확률을 따져서 다르게 정하는 것이 옳다고 생각한다.

1 보험 회사는 보험에 가입해 보험료를 낸 사람에게 약속한 보상을 해 줍니다. 그리고 병에 걸릴 확률이 높은 사람은 보험료를 더 많이 내야 합니다.

3 보험 회사나 보험에 가입하는 사람이 확률을 따지는 까닭이 무엇인지 생각해 봅니다.

3주 89쪽

1 ② **2** ①, ④ **3** 예 민속놀이는 우리 민족이 오랫동안 해 온 놀이이다. 따라서 민속놀이를 통해 옛 선조들이 살던 모습과 문화를 배울 수 있다. 또 민속놀이는 요즘의 놀이와 비교했을 때 많은 장점이 있다. 우선 컴퓨터 게임을 할 때와 달리 민속놀이를 할 때에는 활동적으로 몸을 움직이기 때문에 건강에도 좋다. 그리고 여러 사람이 어울려 놀 수 있어 좋다.

1 윷가락 세 짝이 엎어지고 한 짝만 젖혀지면 '도'가 나왔다고 하고, 모두 엎어지면 '모'가 나왔다고 합니다.

3 민속놀이를 통해 어떤 것을 얻을 수 있는지 생각해 봅니다. 또 여러분이 즐겨 하는 놀이와 비교했을 때 민속놀이가 가진 장점을 여러 가지 관점에서 생각해 써 봅니다.

3주 93쪽

1 ① **2** ④ **3** 예 나는 아직 복권을 구입할 나이가 되지는 않았지만 복권을 사는 것은 당첨될 확률이 아주 낮기 때문에 무의미하다고 생각한다. 나라면 차라리 복권을 구입할 돈을 다른 유익한 곳에 쓰겠다.

2 공익사업이란 공공의 이익을 위한 사업을 말합니다. 따라서 우리 집 냉장고를 새것으로 바꾸는 일은 공익사업과는 상관없는 개인적인 일입니다.

3 복권에 당첨될 확률이 아주 낮다는 것을 기억합니다. 또 복권을 구입하는 데 드는 비용도 생각해 봅니다.

정답 및 해설

3주 95쪽

1 ② 2 ③ 3 예 그건 우연이 아니야! 확률적으로 토스트가 식탁에서 떨어질 때는 잼을 바른 쪽이 바닥에 닿을 가능성이 더 높다고 해.

1 '정의'는 단어의 뜻을 밝히는 설명 방법입니다.

3 친구는 일어날 확률이 높은 일을 일어나기 어려운 일로 생각하며 자신의 운을 탓하고 있습니다. 잘못된 생각을 어떻게 바로잡아 줄지 써 봅니다.

3주 97쪽

1 (1) ○ (2) ○ (3) ○ (4) X 2 ②, ⑤ 3 예 운이 좋다고 시험공부를 하지 않는 친구나 확률을 따지며 시험 범위를 전부 공부하지 않고 일부만 공부하는 친구들이 종종 있다. 이처럼 운이나 근거 없는 확률만 따지고 성실하게 공부하지 않으면 결과도 좋지 않다. 확률이 낮다고 미리부터 포기하는 것도 문제이지만, 확률이나 운만 보고 아무런 노력도 하지 않는 것은 어리석은 짓이라고 생각한다.

1 서른 명 가운데 생일이 같은 사람이 두 명 이상일 확률은 약 71퍼센트입니다.

3 확률은 어디까지나 일어날 수 있는 가능성을 나타낸 것입니다. 이 사실을 염두에 두고 주변에서 잘못 행동하는 사람들에 대해 생각해 봅니다.

3주 99쪽

1 ④ 2 ㉠, ㉢, ㉡ 3 예 횡단보도나 철길을 건널 때 좌우를 살피고 건너는 것을 습관화한다. / 자동차를 탔을 때에는 안전띠를 꼭 착용한다.

3 우리가 평상시에 지켜야 할 교통안전 수칙을 생각해 봅니다.

3주 100~101쪽   되돌아봐요

1 (1) ○ (2) ○ (3) ○ (4) X 2 (1) 날씨 (2) 윷놀이 (3) 보험 3 (1) ㉡ (2) ㉢ (3) ㉠ 4 ④ 5 예 (1) 1~6까지의 눈을 가진 주사위 한 개를 던졌을 때 주사위의 눈이 7이 나올 확률은 0이다. (2) 햄버거나 피자 같은 패스트푸드를 즐겨 먹으면 소아 비만증에 걸릴 확률이 높다. / 매일 규칙적으로 운동을 하는 사람은 그렇지 않은 사람에 비해 병에 걸릴 확률이 낮다.

4 ①, ②, ③, ⑤는 움직임을 나타내는 동사이고, ④는 모양이나 상태를 나타내는 형용사입니다.

3주 103쪽   궁금해요

예 도박에 이기기 위해서 확률을 연구했다.

● 카르다노는 도박을 무척 좋아했습니다. 그래서 도박에 이기기 위해 확률을 연구했고, 그와 관련된 책까지 펴냈습니다.

3주 104~105쪽　　내가 할래요

1 (1) 두 가지 (2) 두 가지 (3) ㉠ 평면, 앞면 ㉡ 곡면, 뒷면 (4) 네 가지　2 (1) 아빠, 엄마, 나 (2) 나, 엄마 (3) 나, 아빠 (4) 나, 엄마, 아빠 (5) 여섯 가지 (6) $\frac{2}{6}$ (7) $\frac{4}{6}$

4주　기사문은 어떻게 쓸까요?

4주 106쪽　　생각 톡톡

신문, 텔레비전

4주 109쪽

1 ④　2 ⑤　3 예 유물을 살펴보면 그 당시의 모습을 알 수 있기 때문에 유물의 발견은 중요합니다. 특히 유물을 통해 역사적으로 새로운 사실이 밝혀질 수도 있으므로 유물의 발견은 매우 중요합니다.

3 발견된 유물로 무엇을 알 수 있는지 생각해 써 봅니다.

4주 111쪽

1 (1) 11월 10일 (2) 행복 초등학교 급식실에서 (3) 사랑의 김치 담그기 행사를　2 ①, ②, ③　3 예 나는 노래를 잘 부르고 춤을 잘 추는 친구들과 공연단을 만들어 양로원을 다니며 봉사 활동을 하고 싶다. 할아버지, 할머니 앞에서 노래도 부르고 춤도 추면서 즐겁게 해 드리고 싶다.

1 육하원칙이란 보도 기사 등을 쓸 때 지켜야 하는 기본 원칙입니다. '누가', '언제', '어디서', '무엇을', '어떻게', '왜'의 여섯 가지 원칙이 있습니다.

3 봉사 활동은 꼭 돈이 많아야 할 수 있는 것은 아닙니다. 자신이 가지고 있는 재능으로 얼마든지 봉사 활동을 할 수 있습니다.

4주 113쪽

1 ③　2 ③　3 예 (1) 말하는 코끼리의 정체를 밝혀라 (2) 동물 연구가들이 '말하는 코끼리' 코식이에 대한 공동 연구를 시작했다. 이들은 코식이가 어떻게 소리를 내는지 자세히 연구하고 과학적으로 밝힐 예정이다.

2 몸이 '머리, 가슴, 배'의 세 부분으로 되어 있는 것은 곤충입니다.

3 제목, 부제, 요약문, 본문이 각각 무엇인지 살펴본 뒤, 기사문에서 해당하는 내용을 찾아 써 봅니다.

4주 115쪽

1 ③　2 ⑤　3 예 (1) 요즘 열대야로 밤잠을 설치시는 분들 많으시죠? ~ ○○○ 기자가 보도합니다. (2) 낮 최고 기온이 30도에 달하는 무더위가 계속되고 있습니다. 낮에는 폭염이, 밤에는 열대야가 시민들을 괴롭히고 있습니다. (3) 찬물로 샤워하면 체온이 올라갑니다. ~ 또 밤에 커피나 콜라 같은 음료는 마시지 않는 것이 좋습니다. (4) 당분간 찜통더위가 계속 이어지는 만큼, 바른 방법으로 열대야를 이겨 내야겠습니다. ○○○ 뉴스 ○○○입니다.

1 유명하고 권위 있는 사람의 정보나 그와 관련된 사건이 뉴스 기삿거리로 좋습니다. 하지만 이 글의 경우에는 해당하지 않습니다.

3 텔레비전 뉴스는 제목이 자막으로 제시되고, 뉴스 진행자가 기자의 보도 내용을 요약해 언급합니다. 이어 기자가 사건이나 정보에 대해 인터뷰, 시각 자료 등을 제시하며 뉴스를 보도합니다. 마지막으로 기자가 마무리 말로 뉴스 보도를 마칩니다.

4주 117쪽

1 또 내가 보기에도 요즘 아이들은 잘 움직이지 않고 컴퓨터 게임만 하는 것 같다. 2 ④ 3 예 학교급별 비만 비율은 고등학생이 가장 높았고, 성별에 따른 비만 비율은 남학생이 여학생보다 훨씬 높았다.

1 기사문은 객관적으로 써야 합니다. 내 생각과 같은 주관적 의견이나 '~인 것 같다'는 식의 추측하는 내용을 쓰는 것은 알맞지 않습니다.

3 주어진 기사문에서 학교급별 비만 비율과 성별에 따른 비만 비율의 통계 자료를 잘 살펴봅니다.

4주 119쪽

1 ④ 2 ③ 3 예 (1) 설악산에서 알비노 다람쥐가 발견됐다고 (2) 유전적으로 피부, 털, 눈 등에 멜라닌 색소가 부족하거나 빠진 비정상적인 개체 (3) 하얀 오소리

2 유전은 어버이의 형질이 자손에게 전해지는 것입니다. 따라서 자식이 부모를 닮는 것은 유전 때문입니다.

3 기사 수첩에 있는 내용을 잘 살펴보고 나서 기사문을 완성해 봅니다.

4주 121쪽

1 (1) 이은수 군이 (2) 서울역 앞 벤치에서 (3) 돈이 든 가방을 2 ③ 3 예 (1) 돈 가방을 찾아 준 학생, 훈훈한 감동 (2) 돈 가방을 발견한 학생이 직접 주인에게 가방을 돌려주어 (3) 돈이 든 가방 (4) 주인에게 직접 전화를 걸어 돈 가방을 돌려주었다. (5) 바른 시민 표창장을 수여했다. (6) 가방을 잃어버린 분이 고생하실까 봐 그랬을 뿐

1 만화에 나온 상황과 인물이 한 말을 살펴서 육하원칙에 알맞게 써 봅니다.

2 교환의 기능과 가치 척도의 기능에 대한 설명이 서로 뒤바뀌어 있습니다.

3 문장의 앞뒤를 살펴보고 들어갈 내용이 무엇인지 파악하여 써 봅니다.

4주 123쪽

1 ⑤ 2 ③ 3 예 (1) 훈장님이 잠시 자리를 비운 사이에 아이들이 훈장님의 곶감을 다 먹고 벼루를 깬 (2) 혼날 것이 두려워 벼루를 깨고는, 죽을죄를 지었으니 죽으려고 곶감을 먹었다고 말했다.

2 물레는 솜이나 털 등을 자아서 실을 만드는 데 쓰는 도구입니다.

3 문장의 앞뒤를 살펴보고 들어갈 내용이 무엇인지 파악합니다. 아이들이 일으킨 사건과 한 말이 무엇인지 살펴 알맞은 말을 써넣습니다.

4주 125쪽

1 ⑤ **2** ①, ④, ⑤ **3** 예 (1) 라이트 형제, 하늘을 날다 (2) 라이트 형제가 만든 동력 비행기 플라이어호가 하늘을 나는 데 (3) 12초 동안 약 36미터를 날았고, 두 번째 비행에서 59초 동안 약 243미터를 날았다.

1 이 글은 라이트 형제가 만든 동력 비행기가 비행 실험에 성공한 내용을 담은 글입니다.

3 문장의 앞뒤를 살펴서 빈칸에 들어갈 알맞은 내용을 써 봅니다.

4주 127쪽

1 (1) ㉠ (2) ㉡ **2** ②, ③ **3** (1) 창포물에 머리 감기, 수리취떡 만들기, 부채에 그림 그리기 (2) 내년에도 이 축제가 열렸으면 좋겠어요. (3) 투호, 제기차기, 윷놀이

2 기사문을 쓸 때에는 기사문의 내용에 알맞은 자료를 정확하게 조사해야 합니다. 또 ④, ⑤처럼 다른 사람의 저작권을 침해하거나 ①처럼 기사의 내용과 관련 없는 자료를 조사하지 않도록 주의해야 합니다.

3 행사 내용을 담은 안내문과 주민의 인터뷰 내용을 확인하고 알맞은 내용을 빈칸에 써 봅니다.

4주 129쪽

1 (1) X (2) ○ (3) ○ **2** ① **3** 예 (1) 전국 초등학교 4~6학년 학생 (2) 화목한 가정 (3) 건강, 자유 (4) 많은 어린이가 행복하다고 느끼고 있지만 자신이 불행하다고 느끼는 어린이도 10퍼센트 가까이 됩니다. 이 세상 모든 어린이가 행복을 느끼며 활짝 웃을 수 있길 바랍니다. ○○○ 뉴스 ○○○입니다.

2 대부분 통계는 특정 대상을 관찰하거나 조사해서 대표적 수치를 얻는 것이기 때문에 완전히 정확하다고 할 수 없습니다.

3 통계 자료를 분석한 뒤 기사문의 본문을 씁니다. 여러분이 기자라면 이 뉴스 기사를 어떻게 마무리할지 생각해 써 봅니다.

4주 131쪽

1 ② **2** (1) ㉡ (2) ㉢ (3) ㉠ **3** 예 (1) 경사로가 급해 휠체어가 오를 수 없는 곳도 있습니다. 횡단보도 중에는 안내 방송이 나오지 않는 곳도 있습니다. 차량 금지 봉이 돌이나 나무로 설치된 경우 부딪혀 다치는 일이 많습니다. (2) 장애인을 위한 시설물이 늘었다고는 하지만 여전히 부족하고, 문제점도 많은 상황입니다. 적극적인 개선이 필요한 시점입니다. ○○○ 뉴스 ○○○입니다.

1 기자가 조사한 자료의 내용을 살펴보고 공통된 주제가 무엇인지 생각해 봅니다.

3 기자가 수첩에 정리한 내용을 자세히 살펴보고 기자의 보도와 마무리 부분에 들어갈 알맞은 말을 써 봅니다.

4주 132~133쪽   되돌아봐요

1 예 (1) 일가친척들이 (2) 5월 1일 (3) 예식장에 (4) 이모의 결혼식을 (5) 모두 모였다. (6) 축하하기 위해서   **2 예** (1) 이모의 결혼식 (2) 친척들의 축하 속에 결혼식이 열려 (3) 결혼 선포가 이루어지고 나서 사회자가 신랑에게 신부를 안고 앉았다 일어서기를 열 번 하고 나서 만세를 외치라고 시켰다. 그런데 신랑이 신부를 안고 앉았다 일어서다 그만 넘어지는 바람에 사건은 더 커지고 말았다. 이모는 화가 많이 났는지 얼굴까지 빨개졌다. 그래도 다행히 신랑 신부는 결혼식을 잘 마쳤으며, 이 모습을 지켜보던 가족들도 그제야 안도의 한숨을 내쉬었다.

1 보기 의 문장에서 육하원칙에 해당하는 내용을 찾아봅니다.

2 결혼식이라는 가족 행사에서 벌어진 일을 기사문의 특징에 알맞게 잘 정리하여 써 봅니다.

4주 135쪽   궁금해요

예 저작권을 침해하는 일이 없도록 적절한 과정을 거쳐 저작권자의 허락을 받아야 하고, 출처를 꼭 밝혀야 해요.

● 기사문을 쓸 때 주의할 점을 꼼꼼히 살펴봅니다. 글 마지막 부분에 저작권에 대한 내용이 있습니다.

4주 137쪽   내가 할래요

예 (1) 전교생과 선생님, 학부모가 (2) 5월 4일 (3) 학교 운동장에서 (4) 운동회를 (5) 여러 가지 경주를 하며 (6) 어린이날을 즐겁게 보내기 위해 (7) 어린이날 운동회, 성황리에 열려 (8) 지난 5월 4일에 우리 학교에서는 어린이날을 맞이하여 하루를 즐겁게 보내려고 학교 운동장에서 운동회를 개최하였다. 이 운동회는 전교생이 참석한 가운데 선생님들과 학부모들이 응원을 해 주었는데, 이 날 학생들은 여러 가지 경주를 하며 그동안 갈고 닦은 체력과 숨은 끼를 마음껏 발산하였다.

● 기사문은 주요 사건을 육하원칙에 맞게 정리하고 제목을 정해서 순서대로 써 나가야 합니다.

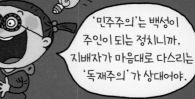